KB266141

낭독필사 고요의 지혜

낭독필사 고요의 지혜

위의 QR코드를 스캔하면 녹음 MP3 전체 파일을 내려받을
수 있습니다. 또한, 각 Day마다 QR코드가 삽입되어 있으
므로 낭독하기 전에 즉석에서 들을 수 있습니다.

낭독필사 고요의 지혜

2026년 04월 15일 초판 1쇄 인쇄
2026년 04월 20일 초판 1쇄 발행

엮은이 마음결연구소
발행인 손건
편집기획 김미정
마케팅 최관호
디자인 김정희
제작 최승용
인쇄 선경프린테크
이미지 www.shutterstock.com

발행처 열린문학
주소 서울시 영등포구 영신로 34길 19
등록번호 제 312 - 2006 - 00060호
전화 02) 2636 - 0895
팩스 02) 2636 - 0896
이메일 elancom@naver.com

ISBN 979-11-7142-109-1　03800

*열린문학은 **LanCom**의 문학·인문 브랜드입니다.

하루 10분 100일의 기적

고요의 지혜

마음결연구소 엮음

머리말

우리는 늘 무언가를 하며 살아갑니다.
생각하고, 판단하고, 반응하며 끊임없이 움직입니다.
하지만 그럴수록 마음은 점점 더 흔들립니다.

우리는 한 가지를 놓치고 있습니다.
바라보는 일입니다.
생각에 끌려가지 않고, 감정에 휘둘리지 않고,
지금의 흐름을 그대로 바라보는 것.

마음을 바라보지 못하면 우리는 계속 반응하며 살아갑니다.
흐름 속에 휩쓸린 채 나를 놓치게 됩니다.

이 책은
그 흐름에서 한 걸음 떨어져 바라보는 연습을 위한 책입니다.
무언가를 바꾸기보다 그대로 알아차리는 책입니다.

하루 10분,
짧은 문장을 읽고 소리 내어 낭독하고
손으로 따라 쓰는 시간.
그 단순한 반복 속에서 흐름은 점점 느려지고,
마음은 자연스럽게 고요해집니다.

이 책은 당신을 어디로 데려가려 하지 않습니다.
대신 지금 이 자리에서,
당신이 못 보고 지나쳤던 것을 보게 합니다.

지금 이 순간, 잠시 멈추어 보십시오.
그리고 조용히 바라보십시오. 그 자리에서 고요는 시작됩니다.

이 책의 구성

이 책은 **하루 10분, 100일 동안 이어지는 낭독필사 프로그램**입니다. 하루는 다음과 같은 네 가지 흐름으로 구성되어 있습니다.

▶ 오늘의 낭독

    짧고 단정한 문장을 읽습니다.
    의미를 이해하려 하기보다
    천천히 소리 내어 읽는 것이 중요합니다.

▶ 오늘의 한마디

    하루의 핵심 문장입니다.
    가장 간결한 형태로
    오늘의 메시지를 붙잡습니다.

▶ 오늘의 필사

    세 줄의 문장을 직접 써봅니다.
    읽은 내용을 손으로 옮기며
    생각과 감정을 정리합니다.

▶ 나의 문장

    짧은 질문에 답하거나
    자유롭게 적을 수 있는 공간입니다.
    기록하지 않아도 괜찮습니다.

이 네 가지 흐름은
읽기 → 멈추기 → 쓰기 → 돌아보기의 과정으로 이어집니다.

이 과정을 반복하면서
마음은 점점 단순해지고 생각은 자연스럽게 정리됩니다.

이 책의 사용법

☞ 왼쪽 페이지_읽고, 멈추기

이 책은
빠르게 읽는 책이 아닙니다.

한 문장씩
천천히 읽어야 합니다.

가능하다면
소리 내어 읽어보십시오.

낭독은
생각을 줄이고
문장에 집중하게 만듭니다.

읽다가 멈춰도 괜찮습니다.
이해가 되지 않아도 괜찮습니다.

중요한 것은
속도가 아니라
머무르는 시간입니다.

* 3번 정도 낭독하는 것을 권장합니다.

필사는
잘 쓰는 것이 목적이 아닙니다.

그저 한 글자씩 따라 쓰며
흐름을 느끼면 됩니다.

문장을 쓰다 보면
생각이 줄어들고
마음이 정리됩니다.

'나의 문장'은
꼭 쓰지 않아도 괜찮습니다.

생각이 떠오를 때만
자연스럽게 적어보십시오.

이 책은
완벽하게 채우는 책이 아니라
자연스럽게 머무르는 책입니다.

하루 10분이면 충분합니다.

그 시간을 당신에게 돌려주십시오.

* 3줄의 문장을 3번 반복해서 씁니다.

Contents

보지 못하면 우리는 계속 휘둘립니다.
알아차리는 순간 흐름은 달라지기 시작합니다.

Part 1

인식

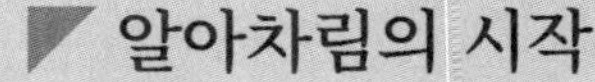 알아차림의 시작

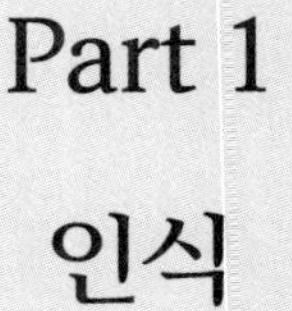

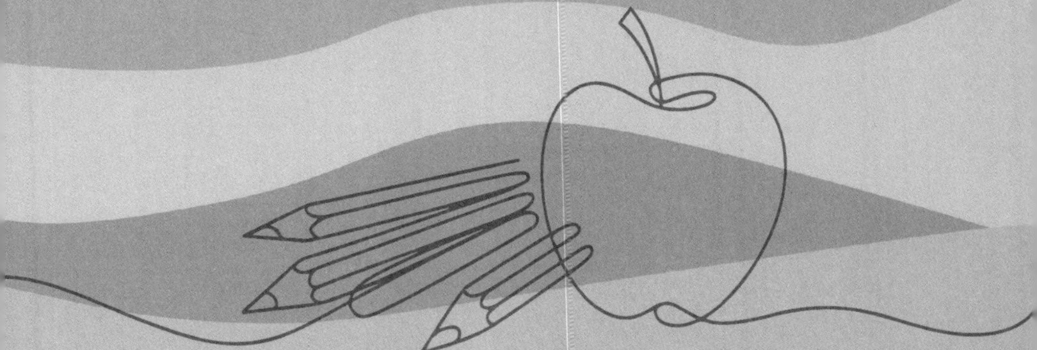

# 알아차리다

▶ 오늘의 낭독

나는 많은 것을 보지만
제대로 보지 못한다

익숙한 흐름 속에서
감각은 흐려진다

나는 지나치며
알아차리지 못한다

하지만 멈추는 순간
무언가가 드러난다

그 알아차림 속에서
나는 깨어난다

▶ 오늘의 한마디
알아차리는 순간 변화가 시작된다.

나는 오늘 알아차린다.
흐름을 멈추고 바라본다.
알아차리는 순간 나는 깨어난다.

▎ 나의 문장

나는 지금 무엇을 알아차리고 있는가?

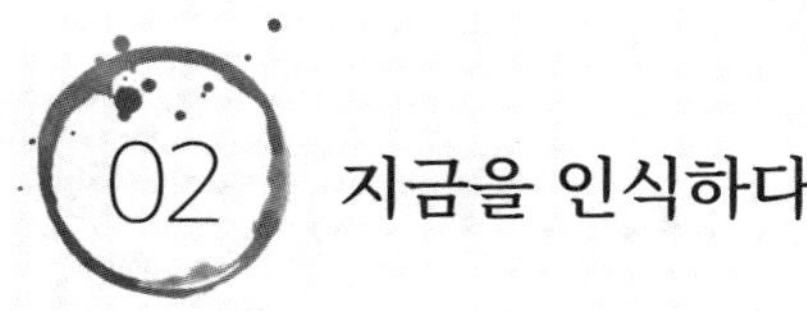# 지금을 인식하다

◤ 오늘의 낭독

나는
생각을 따라가고 있다

이미 지나간 일과
아직 오지 않은 일을 계속 떠올린다

그 사이에서
지금은 놓쳐진다

한 번 멈추면
지금이 보인다

돌아올 때
흐름이 달라진다

◤ 오늘의 한마디
지금은 돌아올 때 비로소 보인다.

나는 지금을 놓치지 않는다.
생각을 따라가지 않는다.
한 번 멈추고 돌아온다.

나는 지금 어디에 머물러 있는가?

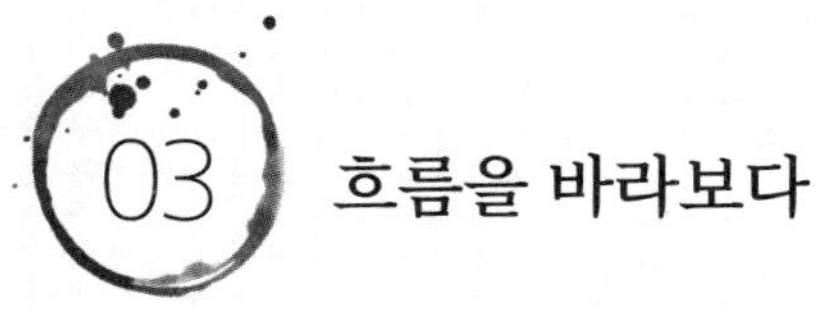 흐름을 바라보다

▷ 오늘의 낭독

흐름은 계속 이어지지만
나는 그것을 보지 못한다

생각은 빠르게 지나가고
나는 따라가지 못한다

나는 흐름 속에서
그저 휩쓸린다

하지만 바라보면
움직임이 보인다

흐르는 모습 속에서
나는 이해한다

▷ 오늘의 한마디
바라볼 때 흐름이 보인다.

▼ 오늘의 필사

나는 오늘 흐름을 바라본다.
흘러가는 것을 따라가지 않는다.
바라보는 순간 나는 이해한다.

▼ 나의 문장

나는 지금 어떤 흐름 속에 있는가?

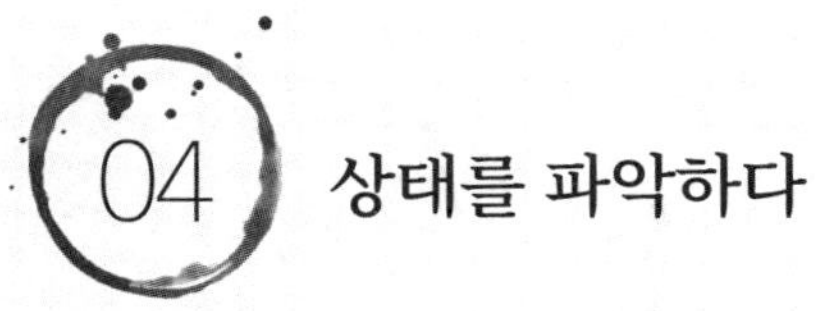

상태를 파악하다

▹ 오늘의 낭독

나는 내 상태를
정확히 알지 못한다

익숙한 감정 속에서
그대로 머문다

나는 느끼면서도
이해하지 못한다

하지만 파악하는 순간
흐름이 달라진다

지금의 상태를 알 때
나는 중심을 잡는다

▹ 오늘의 한마디
상태를 알면 중심이 잡힌다.

나는 오늘 내 상태를 파악한다.
지금의 감정을 바라본다.
알아차리는 순간 나는 중심을 잡는다.

▰ 나의 문장

지금 내 상태는 어떠한가?

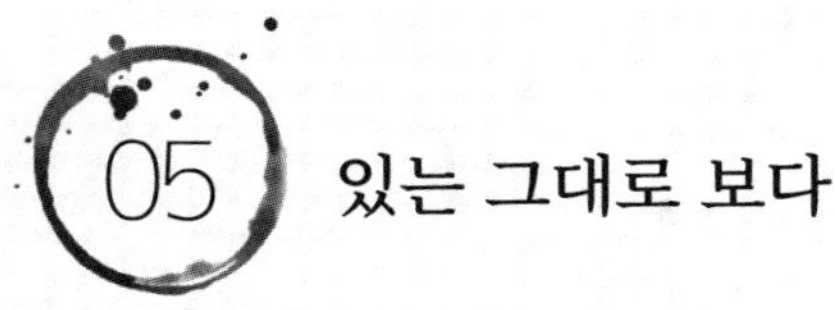

있는 그대로 보다

나는 보이는 것을
있는 그대로 보지 못한다

생각과 판단이
시선을 가린다

나는 해석하며
대상을 바라본다

하지만 있는 그대로 보면
왜곡이 사라진다

있는 그대로의 모습 속에서
나는 선명해진다

▧ 오늘의 한마디

있는 그대로 보면 흐름이 드러난다.

오늘의 필사

나는 오늘 있는 그대로 본다.
판단을 내려놓는다.
보는 순간 나는 선명해진다.

나의 문장

나는 무엇을 있는 그대로 보지 못하고 있는가?

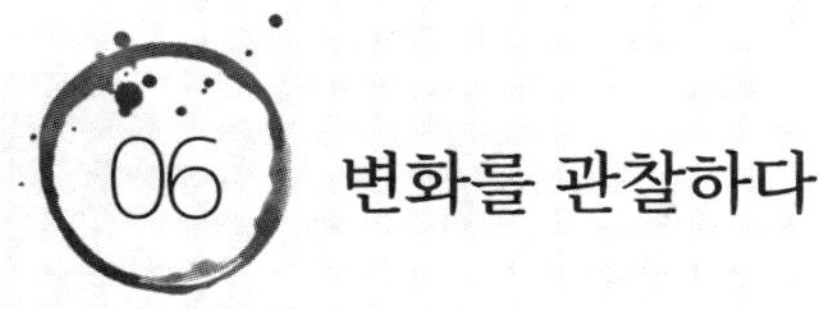

06 변화를 관찰하다

▼ 오늘의 낭독

모든 것은 변하고 있지만
나는 그것을 놓친다

익숙한 상태 속에서
변화는 흐려진다

나는 멈추어 있다고
착각하며 살아간다

하지만 관찰하면
움직임이 보인다

변화 속에서
나는 흐름을 느낀다

▼ 오늘의 한마디
변화를 관찰하면 흐름이 보인다.

24

나는 오늘 변화를 관찰한다.
작은 움직임을 놓치지 않는다.
관찰하는 순간 나는 흐름을 느낀다.

나는 지금 어떤 변화를 지나고 있는가?

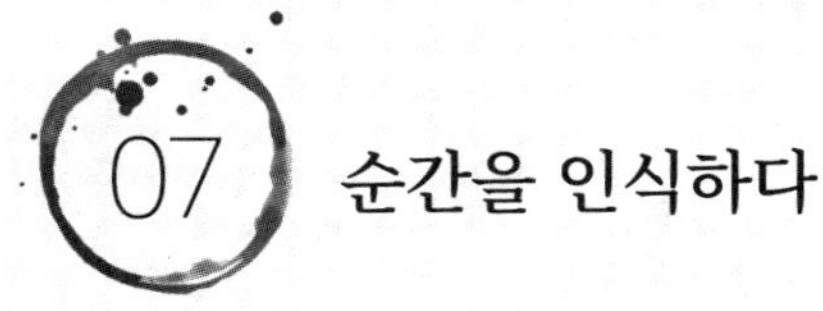

순간을 인식하다

▸ 오늘의 낭독

순간은 짧게 지나가지만
나는 그것을 놓친다

생각이 앞설수록
지금은 흐려진다

나는 순간을 붙잡지 못한 채
계속 이어간다

하지만 인식하면
시간이 또렷해진다

이 순간 속에서
나는 살아 있다

▸ 오늘의 한마디

순간을 인식할 때 지금이 선명해진다.

나는 오늘 순간을 인식한다.
지나가지 않도록 바라본다.
인식하는 순간 나는 살아난다.

나의 문장

나는 지금 이 순간을 놓치고 있지는 않은가?

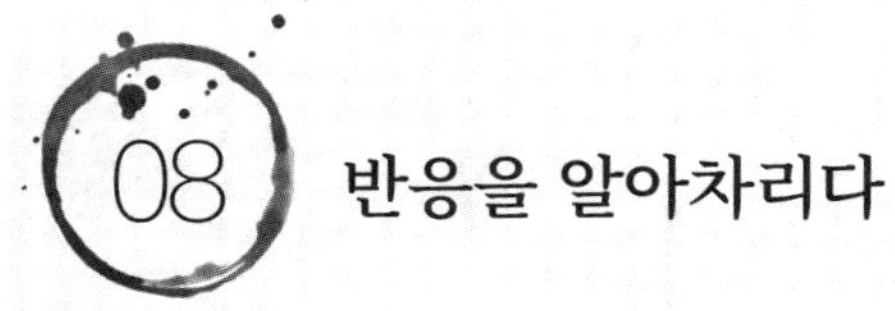

반응을 알아차리다

▼ 오늘의 낭독

나는 자극에 반응하며
익숙하게 움직인다

생각보다 먼저
감정이 반응한다

나는 그 흐름을
의식하지 못한다

하지만 알아차리면
멈출 수 있다

기계적인 반응을 알아차리는 순간
나는 선택할 수 있게 된다

▼ 오늘의 한마디
알아차리면 반응에서 벗어난다.

나는 오늘 반응을 알아차린다.
자동적인 흐름을 멈춘다.
알아차리는 순간 나는 선택한다.

나는 어떤 상황에서 가장 먼저 반응하는가?

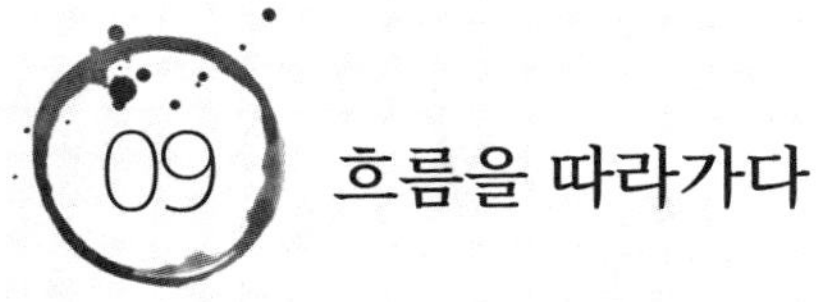# 흐름을 따라가다

▶ 오늘의 낭독

흐름은 자연스럽지만
나는 그것을 거스른다

생각으로 통제하려 하며
흐름을 막는다

나는 자연스러움을
잃어버린다

하지만 따라가면
움직임이 부드러워진다

흐름 속에서
나는 편안해진다

▶ 오늘의 한마디
흐름을 따르면 자연스러워진다.

나는 오늘 흐름을 따라간다.
억지로 바꾸려 하지 않는다.
따라가는 순간 나는 편안해진다.

나의 문장

나는 흐름을 얼마나 거스르고 있는가?

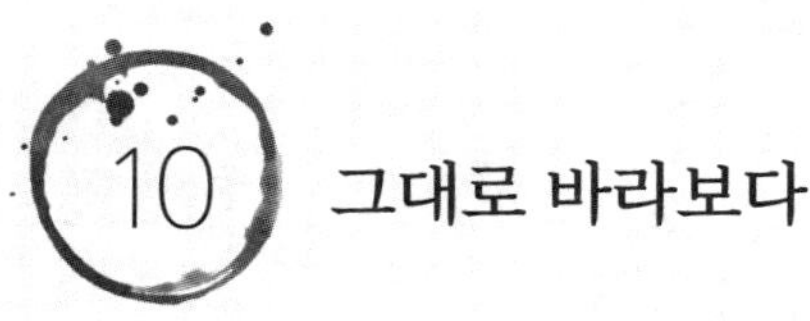

10 그대로 바라보다

나는
보는 순간 판단한다

좋다, 싫다를
바로 나눈다

그 반응이
흐름을 바꾼다

잠시 멈추면
그대로 보이기 시작한다

붙이지 않을 때
있는 그대로 드러난다

▼ 오늘의 한마디

판단을 멈출 때 있는 그대로 보인다.

오늘의 필사

나는 오늘 판단하지 않는다.
좋고 나쁨을 붙이지 않는다.
그대로 바라본다.

나의 문장

나는 무엇을 보자마자 판단하고 있는가?

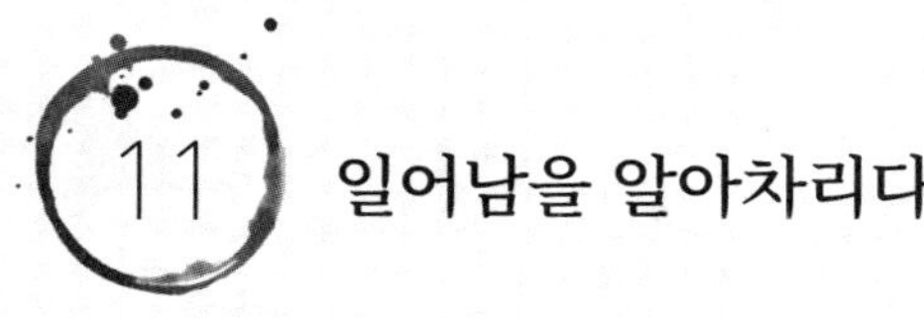

11 일어남을 알아차리다

생각은 조용히
일어나고 사라진다

나는 그것이 시작되는 순간을
알아차리지 못한다

이미 떠오른 뒤에야
뒤늦게 인식한다

하지만 일어남을 보면
흐름이 또렷해진다

시작의 순간에서
나는 깨어난다

오늘의 한마디
시작을 보면 흐름이 보인다.

나는 오늘 일어남을 알아차린다.
떠오르는 순간을 놓치지 않는다.
알아차리는 순간 나는 깨어난다.

▶ 나의 문장

나는 생각이 일어나는 순간을 얼마나 알아차리고 있는가?

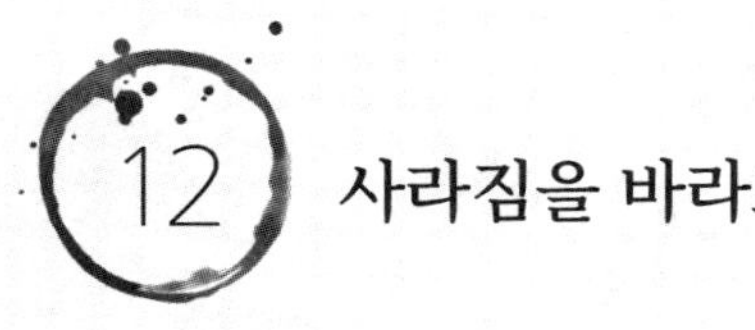

12 사라짐을 바라보다

▶ 오늘의 낭독

모든 것은 사라지지만
나는 그 끝을 보지 않는다

남아 있는 것에
시선을 두고 있다

나는 지나간 것을
붙잡으려 한다

하지만 사라짐을 보면
흐름이 이어진다

끝나는 순간 속에서
나는 놓아준다

▶ 오늘의 한마디
사라짐을 보면 집착이 줄어든다.

▶ 오늘의 필사

나는 오늘 사라짐을 바라본다.
끝나는 순간을 놓치지 않는다.
바라보는 순간 나는 놓아준다.

▶ 나의 문장

나는 무엇이 사라지는 것을 받아들이지 못하고 있는가?

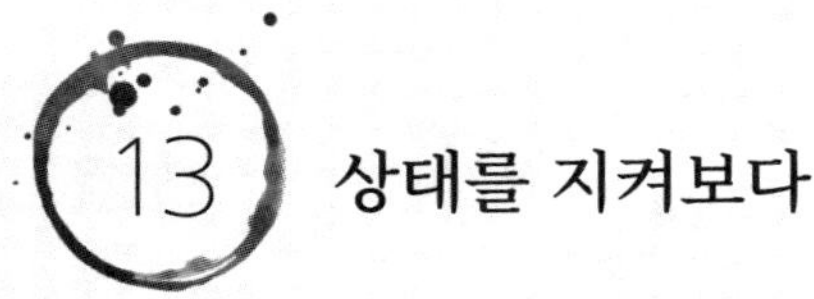

13 상태를 지켜보다

▶ 오늘의 낭독

감정은 계속 변하지만
나는 그 흐름을 놓친다

지금의 상태를
그대로 보지 못한다

나는 감정 속에 빠진 채
흐름을 잃는다

하지만 지켜보면
움직임이 보인다

변하는 상태 속에서
나는 중심을 잡는다

▶ 오늘의 한마디
지켜볼 때 흐름이 드러난다.

▮ 오늘의 필사

나는 오늘 내 상태를 지켜본다.
감정에 휩쓸리지 않는다.
지켜보는 순간 나는 중심을 잡는다.

▮ 나의 문장

나는 지금의 상태를 얼마나 차분히 지켜보고 있는가?

# 14 변화를 따라가다

▼ 오늘의 낭독

변화는 계속 이어지지만
나는 그것을 놓친다

익숙함 속에서
움직임은 흐려진다

나는 멈춰 있다고
착각하며 살아간다

하지만 따라가면
흐름이 보인다

변화 속에서
나는 연결된다

▼ 오늘의 한마디
변화를 따라가면 흐름이 보인다.

오늘의 필사

나는 오늘 변화를 따라간다.
작은 움직임을 느낀다.
따라가는 순간 나는 연결된다.

나의 문장

나는 지금 어떤 변화를 따라가고 있는가?

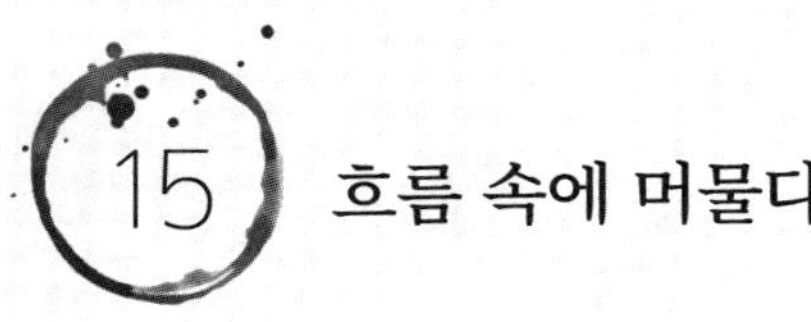# 흐름 속에 머물다

▼ 오늘의 낭독

흐름은 계속 이어지지만
나는 쉽게 벗어난다

생각은 흩어지고
마음은 흔들린다

나는 흐름 속에
머물지 못한다

하지만 머무르면
움직임이 잦아든다

흐름 속에서
나는 안정된다

▼ 오늘의 한마디
머무를 때 흐름이 느껴진다.

나는 오늘 흐름 속에 머문다.
흩어지지 않고 그대로 둔다.
머무는 순간 나는 안정된다.

나는 흐름 속에 얼마나 오래 머물 수 있는가?

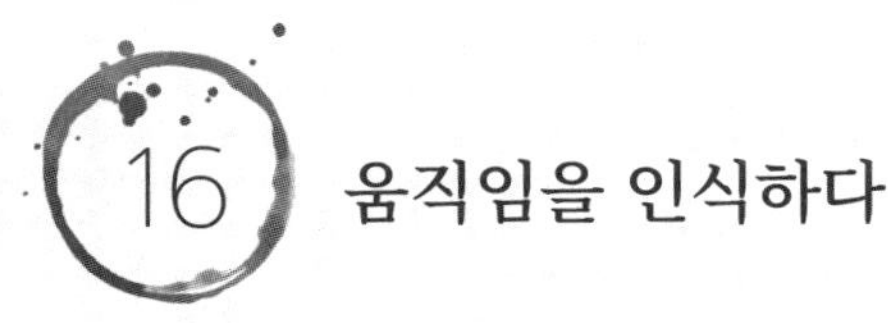

16 움직임을 인식하다

모든 것은 움직이고 있지만
나는 그것을 보지 못한다

익숙한 변화 속에서
움직임은 사라진다

나는 고정된 상태로
착각하며 살아간다

하지만 인식하면
흐름이 또렷해진다

움직임 속에서
나는 살아 있음을 느낀다

오늘의 한마디
움직임을 인식하면 흐름이 보인다.

나는 오늘 움직임을 인식한다.
변화를 놓치지 않는다.
인식하는 순간 나는 또렷해진다.

나는 무엇이 움직이고 있는지를 제대로 보고 있는가?

17 나타남을 바라보다

오늘의 낭독

모든 것은 나타나지만
나는 그것을 인식하지 못한다

익숙한 장면 속에서
새로운 것은 흐려진다

나는 보면서도
놓쳐버린다

하지만 바라보면
드러남이 선명해진다

나타나는 순간 속에서
나는 이해한다

오늘의 한마디
나타남을 보면 변화가 드러난다.

나는 오늘 나타남을 바라본다.
새롭게 드러나는 것을 본다.
바라보는 순간 나는 이해한다.

지금 무엇이 새롭게 나타나고 있는가?

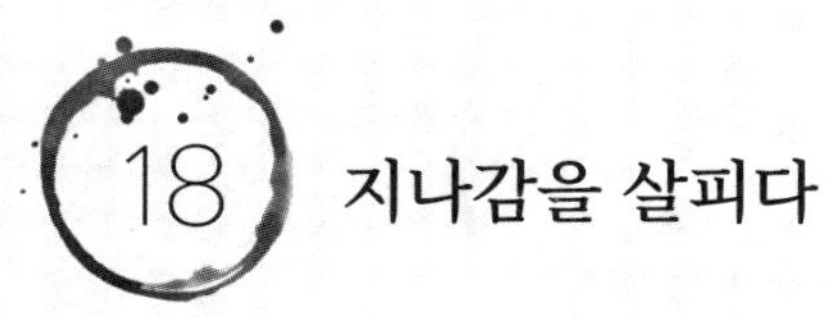

지나감을 살피다

▟ 오늘의 낭독

시간은 계속 흐르지만
나는 그 지나감을 놓친다

지금의 순간은
금세 사라진다

나는 흐르는 시간을
붙잡지 못한다

하지만 살피면
움직임이 또렷해진다

지나가는 순간 속에서
나는 흐름을 느낀다

▟ 오늘의 한마디

지나감을 보면 집착이 줄어든다.

◢ 오늘의 필사

나는 오늘 지나감을 살핀다.
흘러가는 것을 바라본다.
살피는 순간 나는 흐름을 느낀다.

◢ 나의 문장

나는 무엇이 지나가고 있는지를 놓치고 있는가?

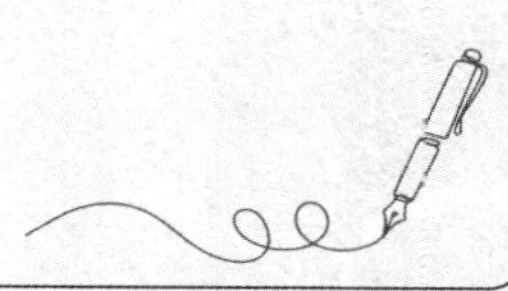

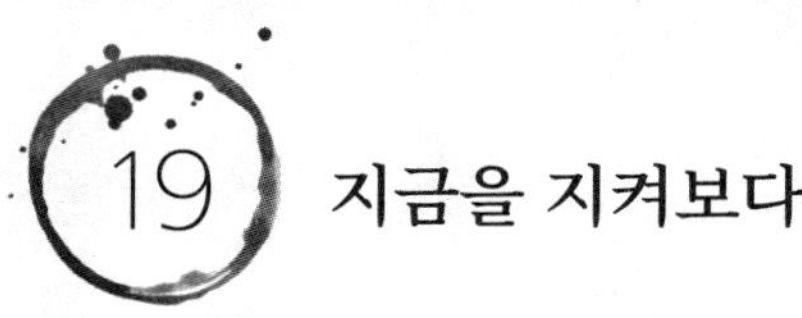

19 지금을 지켜보다

지금은 늘 존재하지만
나는 쉽게 놓친다

생각은 다른 곳으로 흐르고
마음은 멀어진다

나는 현재에 있으면서도
지금을 보지 못한다

하지만 지켜보면
흐름이 또렷해진다

이 순간 속에서
나는 살아 있다

오늘의 한마디
지켜볼 때 지금이 선명해진다.

나는 오늘 지금을 지켜본다.
흩어지지 않고 머문다.
지켜보는 순간 나는 또렷해진다.

나의 문장

나는 지금 이 순간을 얼마나 또렷하게 보고 있는가?

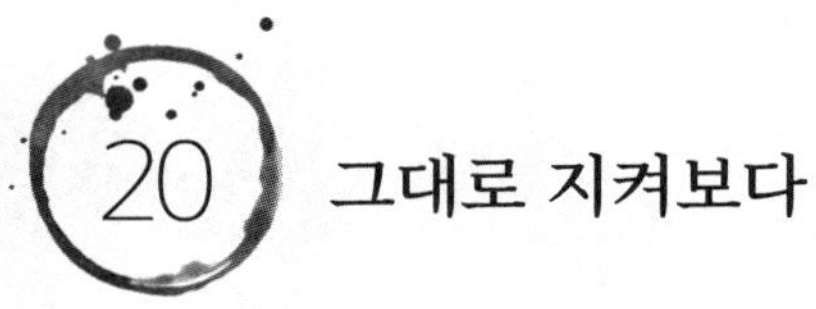

그대로 지켜보다

▰ 오늘의 낭독

처음에는
잠시 바라볼 수 있다

하지만 곧
다시 끌려간다

나는 한 장면만 보고
흐름을 놓친다

지켜보면
변화가 이어진다

끝까지 볼 때
전체가 보인다

▰ 오늘의 한마디
끝까지 볼 때 흐름이 보인다.

나는 오늘 끝까지 지켜본다.
중간에 끊지 않는다.
흐름을 이어서 본다.

나의 문장

나는 무엇을 끝까지 보지 않고 끊어버리는가?

보이는 것은 결과입니다. 흐름은 언제나 그 뒤에서 움직입니다.
구조를 이해할 때 우리는 흔들리지 않습니다.

Part 2

구조

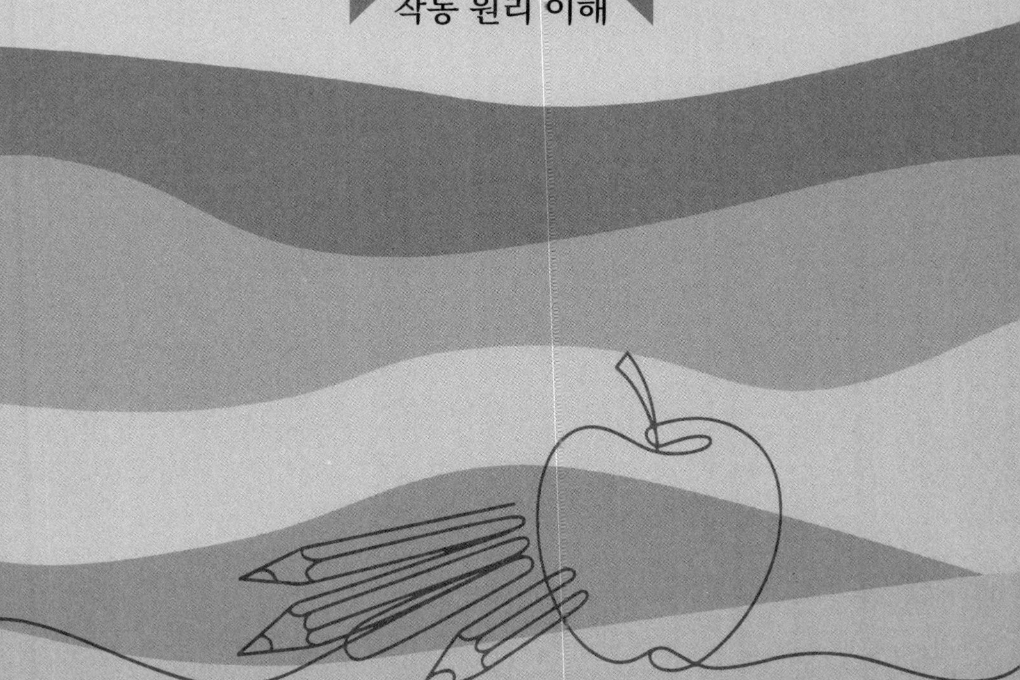

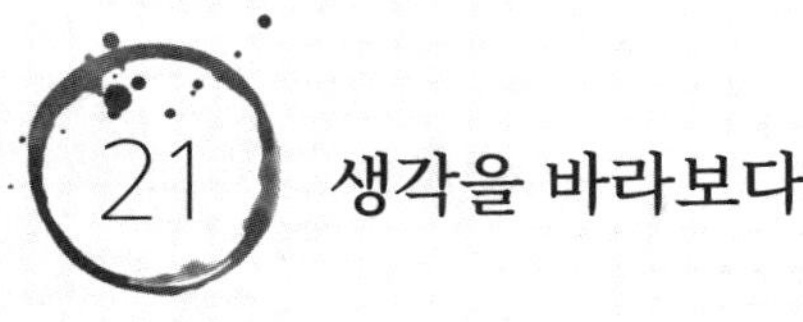

21 생각을 바라보다

▼ 오늘의 낭독

생각은 계속 떠오르지만
나는 그것을 따라간다

흐름에 휩쓸린 채
멈추지 못한다

나는 생각 속에서
길을 잃는다

하지만 바라보면
거리감이 생긴다

떠오르는 생각 속에서
나는 자유로워진다

▼ 오늘의 한마디
바라볼 때 생각에서 벗어난다.

나는 오늘 생각을 바라본다.
떠오르는 흐름을 따라가지 않는다.
바라보는 순간 나는 자유로워진다.

나는 어떤 생각에 가장 쉽게 휩쓸리는가?

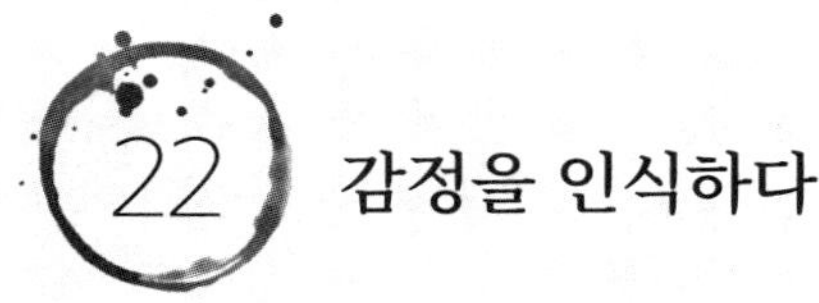 **감정을 인식하다**

감정은 빠르게
일어나고 사라진다

나는 그 흐름을
제대로 보지 못한다

감정 속에 빠진 채
이끌려 간다

하지만 인식하면
움직임이 또렷해진다

느껴지는 순간 속에서
나는 중심을 잡는다

오늘의 한마디
감정을 인식하면 흐름이 보인다.

나는 오늘 감정을 인식한다.
느낌을 그대로 바라본다.
인식하는 순간 나는 중심을 잡는다.

나의 문장

지금 내 감정은 어떻게 움직이고 있는가?

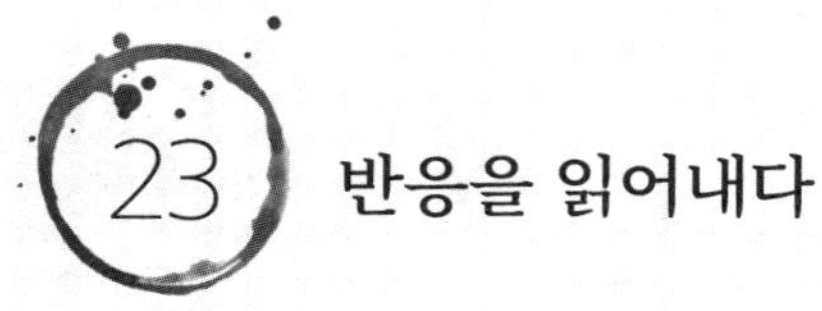

반응을 읽어내다

▼ 오늘의 낭독

나는 자극에 따라
자동으로 반응한다

생각보다 먼저
행동이 이어진다

나는 그 과정을
의식하지 못한다

하지만 읽어내면
흐름이 보인다

반응의 순간 속에서
나는 선택한다

▼ 오늘의 한마디
읽어내면 반응이 선택으로 바뀐다.

◤ 오늘의 필사

나는 오늘 내 반응을 읽어낸다.
자동적인 흐름을 멈춘다.
읽어내는 순간 나는 선택한다.

◤ 나의 문장

나는 어떤 상황에서 자동적으로 반응하는가?

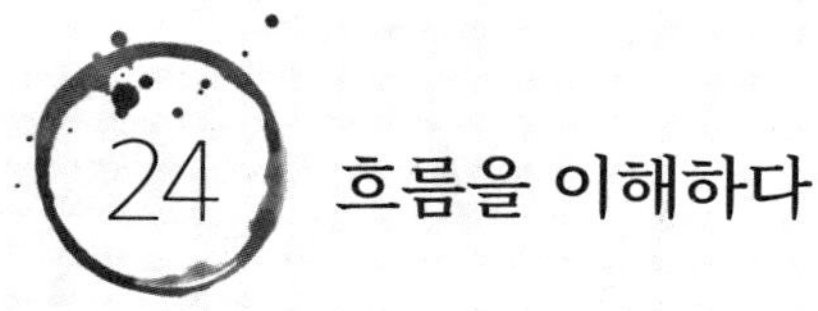# 24 흐름을 이해하다

모든 것은 이어지며
흐르고 있다

하지만 나는 그 흐름을
분리해서 본다

나는 단편만 보며
전체를 놓친다

하지만 이해하면
연결이 드러난다

이어진 흐름 속에서
나는 방향을 본다

오늘의 한마디
이해하면 흐름이 이어진다.

◢ 오늘의 필사

나는 오늘 흐름을 이해한다.
흩어진 것을 연결해 본다.
이해하는 순간 나는 방향을 본다.

◢ 나의 문장

나는 지금 어떤 흐름을 이해하지 못하고 있는가?

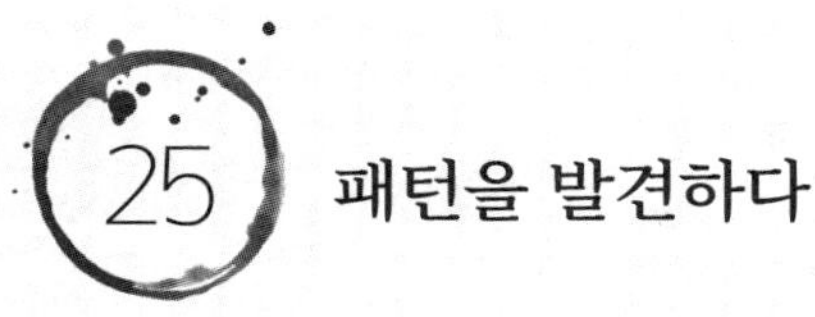

25 패턴을 발견하다

▼ 오늘의 낭독

같은 일이 반복되지만
나는 그것을 놓친다

익숙한 흐름 속에서
패턴은 숨겨진다

나는 반복을 보지 못한 채
계속 이어간다

하지만 패턴을 발견하면
구조가 드러난다

반복되는 모습 속에서
나는 이해한다

▼ 오늘의 한마디
패턴을 보면 흐름이 보인다.

나는 오늘 패턴을 발견한다.
반복되는 흐름을 살핀다.
발견하는 순간 나는 이해한다.

▰ 나의 문장

나는 어떤 패턴을 반복하고 있는가?

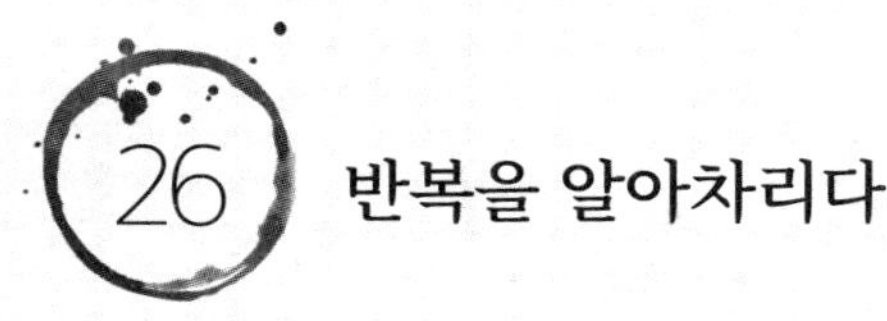

26 반복을 알아차리다

나는 같은 생각을
계속 반복한다

익숙한 흐름 속에서
변화는 멈춘다

나는 반복을 인식하지 못한 채
이어간다

하지만 알아차리면
흐름이 달라진다

반복의 순간 속에서
나는 벗어나기 시작한다

오늘의 한마디

알아차리면 반복에서 벗어난다.

나는 오늘 반복을 알아차린다.
같은 흐름을 인식한다.
알아차리는 순간 나는 벗어난다.

나는 어떤 반복 속에 머물고 있는가?

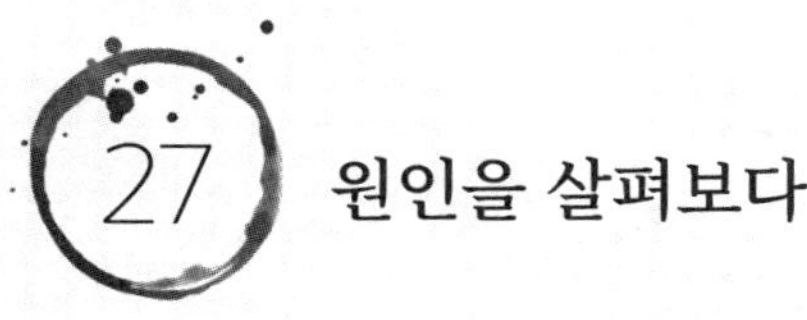

27 원인을 살펴보다

▶ 오늘의 낭독

결과만 보며
나는 원인을 놓친다

드러난 현상 뒤에는
보이지 않는 흐름이 있다

나는 겉만 보며
판단하려 한다

하지만 살펴보면
연결이 드러난다

원인의 흐름 속에서
나는 이해한다

▶ 오늘의 한마디
원인을 보면 흐름이 이해된다.

나는 오늘 원인을 살펴본다.
겉에 머무르지 않는다.
살펴보는 순간 나는 이해한다.

나는 무엇의 원인을 제대로 보지 못하고 있는가?

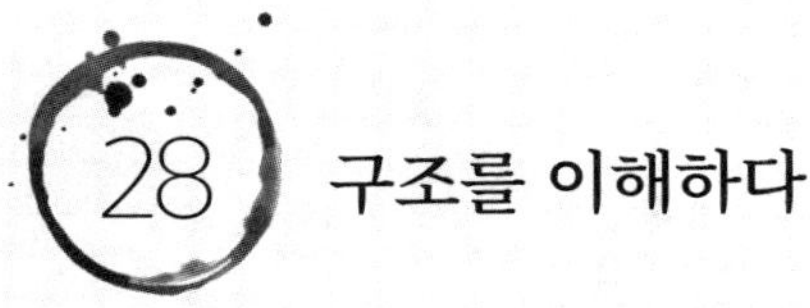

28 구조를 이해하다

▼ 오늘의 낭독

모든 것은 연결된 구조 속에서
움직이고 있다

하지만 나는 단편적으로
바라본다

나는 전체를 보지 못한 채
판단한다

하지만 이해하면
구조가 드러난다

연결된 흐름 속에서
나는 선명해진다

▼ 오늘의 한마디

구조를 보면 전체가 보인다.

나는 오늘 구조를 이해한다.
부분이 아닌 전체를 본다.
이해하는 순간 나는 선명해진다.

나는 무엇을 단편적으로만 보고 있는가?

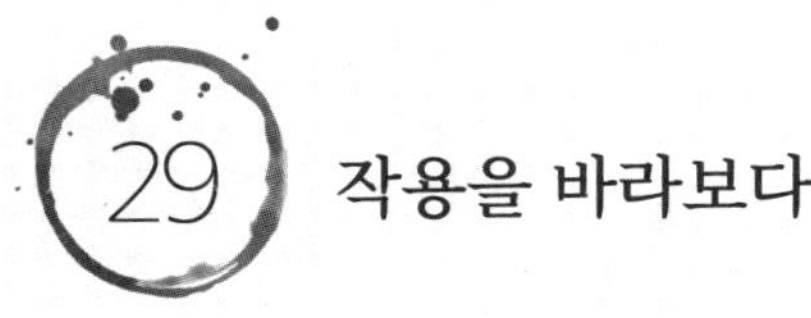

29 작용을 바라보다

모든 것은 서로 영향을 주며
작용하고 있다

하지만 나는 그 연결을
의식하지 못한다

나는 하나만 보며
흐름을 놓친다

하지만 바라보면
작용이 드러난다

상호작용 속에서
나는 이해한다

▼ 오늘의 한마디

작용을 보면 연결이 드러난다.

나는 오늘 작용을 바라본다.
서로의 영향을 살핀다.
바라보는 순간 나는 이해한다.

나의 문장

나는 어떤 관계 속에서 영향을 주고받고 있는가?

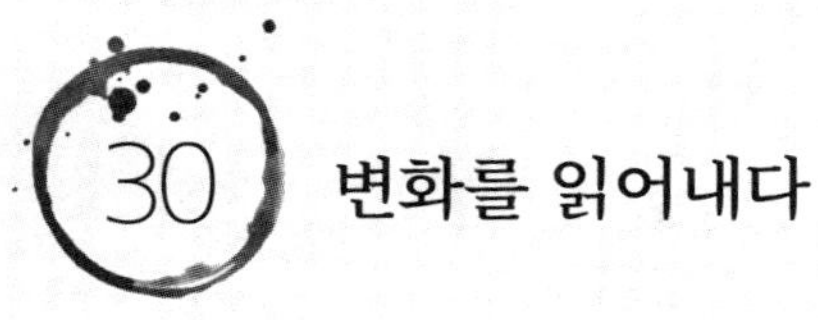 변화를 읽어내다

▼ 오늘의 낭독

변화는 계속 이어지지만
나는 그것을 놓친다

익숙함 속에서
흐름은 흐려진다

나는 멈추어 있다고
착각하며 살아간다

하지만 읽어내면
움직임이 보인다

변화의 흐름 속에서
나는 방향을 찾는다

▼ 오늘의 한마디
읽어내면 변화가 보인다.

나는 오늘 변화를 읽어낸다.
작은 움직임을 놓치지 않는다.
읽어내는 순간 나는 방향을 찾는다.

나는 어떤 변화를 읽어내지 못하고 있는가?

31 시작을 알아차리다

▼ 오늘의 낭독

모든 흐름에는
시작이 있다

하지만 나는 그 처음을
놓친 채 지나간다

이미 시작된 뒤에야
뒤늦게 알아차린다

하지만 시작을 보면
방향이 드러난다

일어나는 순간 속에서
나는 흐름을 이해한다

▼ 오늘의 한마디

시작을 보면 흐름이 또렷해진다.

◤ 오늘의 필사

나는 오늘 시작을 알아차린다.
일어나는 순간을 놓치지 않는다.
알아차리는 순간 나는 흐름을 이해한다.

◤ 나의 문장

나는 무엇의 시작을 자주 놓치고 있는가?

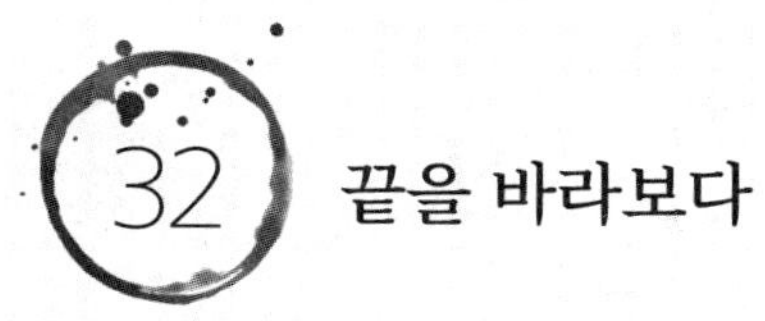

32 끝을 바라보다

오늘의 낭독

모든 것은 끝나지만
나는 그 순간을 피한다

사라지는 장면 앞에서
나는 머뭇거린다

끝을 받아들이지 못한 채
붙잡으려 한다

하지만 끝을 보면
흐름이 정리된다

마무리되는 순간 속에서
나는 놓아준다

오늘의 한마디

끝을 보면 집착이 줄어든다.

나는 오늘 끝을 바라본다.
마무리되는 흐름을 본다.
바라보는 순간 나는 놓아준다.

■ 나의 문장

나는 무엇의 끝을 받아들이지 못하고 있는가?

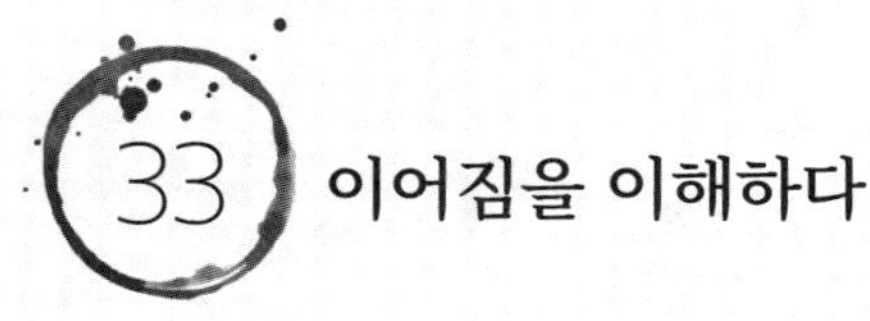

33 이어짐을 이해하다

하나의 일은
혼자 존재하지 않는다

모든 것은 이어지며
다음으로 흘러간다

나는 앞뒤를 놓친 채
한 부분만 본다

하지만 이어짐을 보면
전체가 드러난다

이어지는 흐름 속에서
나는 맥락을 이해한다

오늘의 한마디

이어짐을 보면 전체가 보인다.

오늘의 필사

나는 오늘 이어짐을 이해한다.
앞과 뒤의 흐름을 함께 본다.
이해하는 순간 나는 맥락을 본다.

나의 문장

나는 무엇을 부분으로만 보고 전체를 놓치고 있는가?

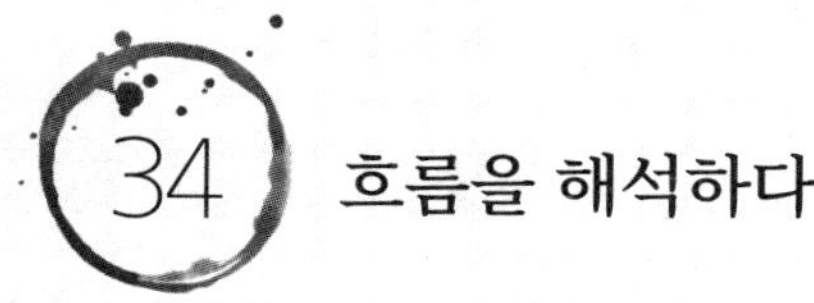

흐름을 해석하다

▷ 오늘의 낭독

흐름은 분명히 이어지지만
나는 뜻을 읽지 못한다

겉으로 드러난 모습만
붙잡고 있다

나는 움직임을 보면서도
의미를 놓친다

하지만 해석하면
방향이 보이기 시작한다

흐름의 뜻 속에서
나는 이해에 닿는다

▷ 오늘의 한마디

흐름을 읽으면 의미가 드러난다.

▸ 오늘의 필사

나는 오늘 흐름을 해석한다.
겉모습 너머의 뜻을 본다.
해석하는 순간 나는 이해에 닿는다.

▸ 나의 문장

나는 지금 어떤 흐름의 의미를 읽지 못하고 있는가?

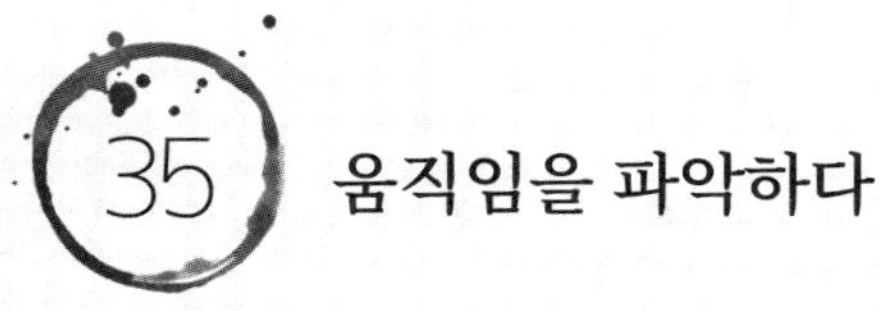

35 움직임을 파악하다

▉ 오늘의 낭독

모든 것은 움직이고 있지만
나는 그 방향을 놓친다

변화는 이어지지만
나는 뒤늦게 반응한다

나는 흐름 안에 있으면서도
움직임을 보지 못한다

하지만 파악하면
질서가 보인다

움직이는 순간들 속에서
나는 중심을 잡는다

▉ 오늘의 한마디
움직임을 알면 중심이 잡힌다.

나는 오늘 움직임을 파악한다.
어디로 흘러가는지 살핀다.
파악하는 순간 나는 중심을 잡는다.

나는 지금 어떤 움직임을 제대로 보지 못하고 있는가?

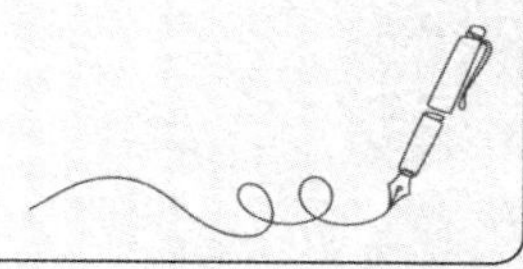

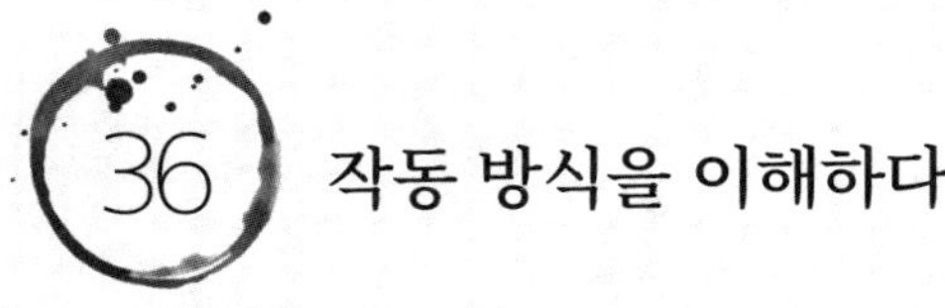

36 작동 방식을 이해하다

오늘의 낭독

겉으로 보이는 모습만으로는
흐름을 다 알 수 없다

보이지 않는 안쪽에서
질서는 움직이고 있다

나는 결과만 보며
원리를 놓친다

하지만 작동 방식을 보면
흐름이 풀린다

움직이는 원리 속에서
나는 이해가 깊어진다

오늘의 한마디
작동 방식을 보면 흐름이 풀린다.

▶ 오늘의 필사

나는 오늘 작동 방식을 이해한다.
겉이 아닌 안쪽의 원리를 본다.
이해하는 순간 나는 더 선명해진다.

▶ 나의 문장

나는 무엇의 작동 방식을 아직 이해하지 못하고 있는가?

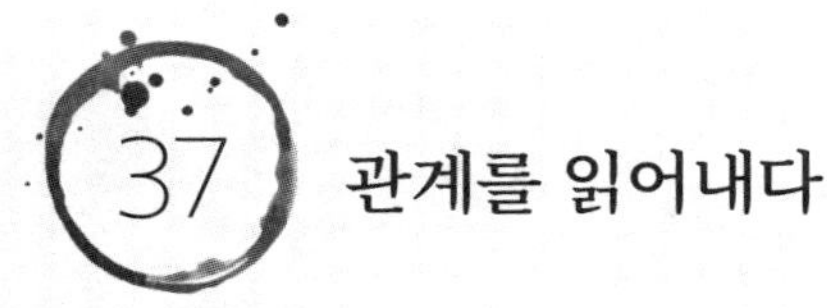# 37 관계를 읽어내다

모든 것은 관계 속에서
의미를 가진다

홀로 보이는 것들도
서로 영향을 주고받는다

나는 하나만 보며
연결을 놓친다

하지만 관계를 읽어내면
구조가 드러난다

이어진 사이 속에서
나는 전체를 이해한다

오늘의 한마디

관계를 보면 구조가 드러난다.

▷ 오늘의 필사

나는 오늘 관계를 읽어낸다.
서로 이어진 흐름을 본다.
읽어내는 순간 나는 전체를 이해한다.

▷ 나의 문장

나는 어떤 관계를 놓친 채 부분만 보고 있는가?

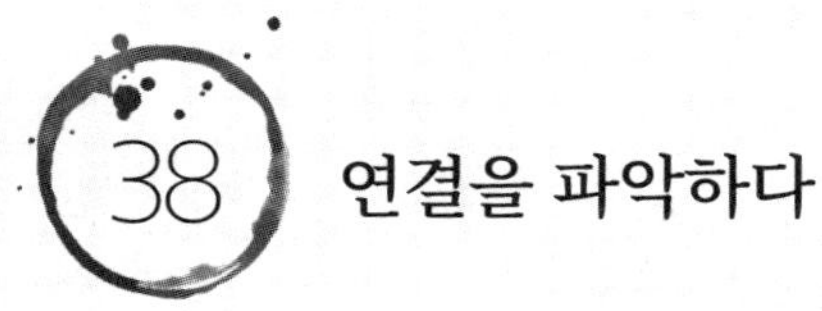

38 연결을 파악하다

▼ 오늘의 낭독

따로 떨어져 보이는 것들도
실은 연결되어 있다

작은 변화 하나가
다른 흐름을 움직인다

나는 분리된 모습만 보며
전체를 놓친다

하지만 연결을 파악하면
흐름이 살아난다

이어진 선들 속에서
나는 방향을 본다

▼ 오늘의 한마디
연결을 보면 흐름이 살아난다.

나는 오늘 연결을 파악한다.
떨어진 것이 아니라 이어진 것으로 본다.
파악하는 순간 나는 방향을 본다.

나는 무엇과 무엇의 연결을 아직 보지 못하고 있는가?

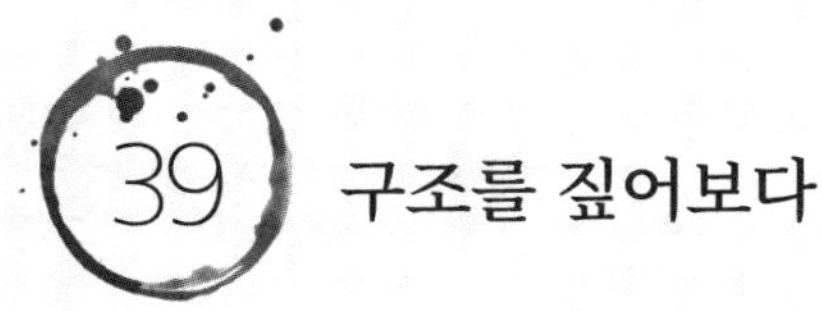

39 구조를 짚어보다

▶ 오늘의 낭독

복잡해 보이는 흐름에도
질서는 숨어 있다

나는 얽혀 있는 모습만 보고
쉽게 멈춰선다

복잡하다는 이유로
깊이 들여다보지 않는다

하지만 짚어보면
구조는 드러난다

정리된 흐름 속에서
나는 선명해진다

▶ 오늘의 한마디
짚어보면 복잡함도 정리된다.

오늘의 필사

나는 오늘 구조를 짚어본다.
얽힌 흐름을 하나씩 살핀다.
짚어보는 순간 나는 선명해진다.

나의 문장

나는 무엇을 복잡하다는 이유로 들여다보지 않고 있는가?

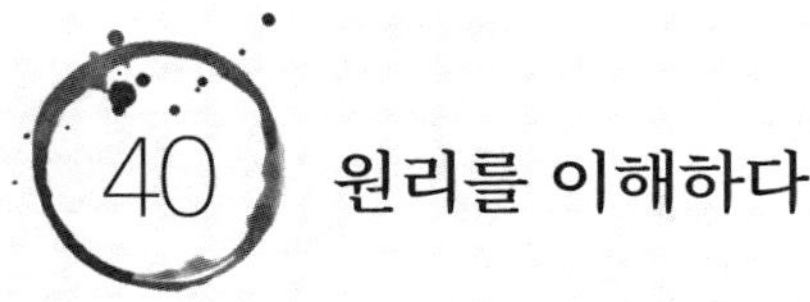

40 원리를 이해하다

▼ 오늘의 낭독

겉으로 드러난 모습 뒤에는
반복되는 원리가 있다

나는 현상에만 머문 채
깊이를 놓친다

보이는 장면만 따라가며
전체를 이해하지 못한다

하지만 원리를 보면
흐름이 단순해진다

근본의 자리에서
나는 이해에 닿는다

▼ 오늘의 한마디

원리를 보면 흐름이 단순해진다.

▰ 오늘의 필사

나는 오늘 원리를 이해한다.
겉보다 근본을 바라본다.
이해하는 순간 나는 깊이에 닿는다.

▰ 나의 문장

나는 무엇의 원리를 아직 제대로 이해하지 못하고 있는가?

가까울수록 우리는 휘말립니다. 한 걸음 떨어질 때 비로소 보입니다.
거리는 고요를 만드는 시작입니다.

Part 3

거리

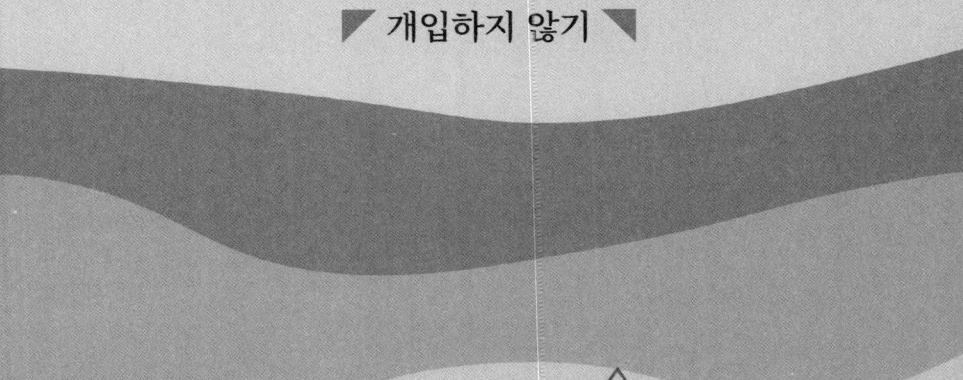

41 붙잡지 않다

생각은 스쳐 지나가지만
나는 그것을 붙잡는다

붙잡는 순간
흐름은 멈춘다

나는 지나가는 것을
머물게 하려 한다

하지만 붙잡지 않으면
흐름은 이어진다

흘러가는 순간 속에서
나는 가벼워진다

오늘의 한마디
붙잡지 않으면 흐름이 살아난다.

◤ 오늘의 필사

나는 오늘 붙잡지 않는다.
지나가는 것을 그대로 둔다.
놓는 순간 나는 가벼워진다.

◤ 나의 문장

나는 무엇을 붙잡고 놓지 못하고 있는가?

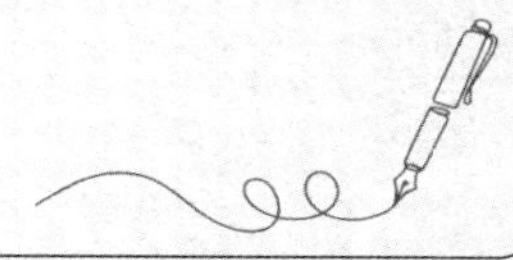

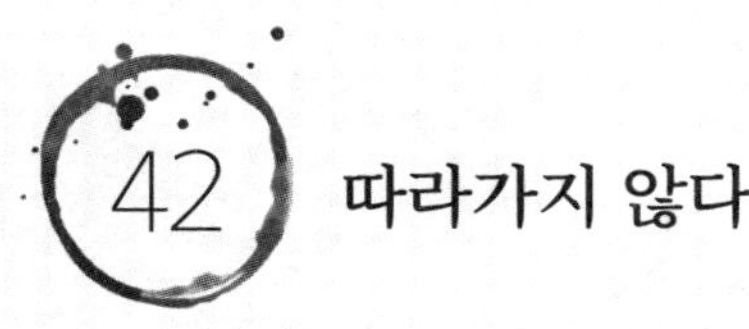

42 따라가지 않다

생각은 계속 이어지지만
나는 그것을 따라간다

흐름은 빨라지고
나는 끌려간다

나는 멈추지 못한 채
계속 이어간다

하지만 따라가지 않으면
거리감이 생긴다

흐름을 바라보는 순간
나는 중심을 잡는다

오늘의 한마디

따라가지 않으면 중심이 생긴다.

100

나는 오늘 따라가지 않는다.
떠오르는 생각을 멈춰 본다.
멈추는 순간 나는 중심을 잡는다.

나의 문장

나는 어떤 생각을 쉽게 따라가고 있는가?

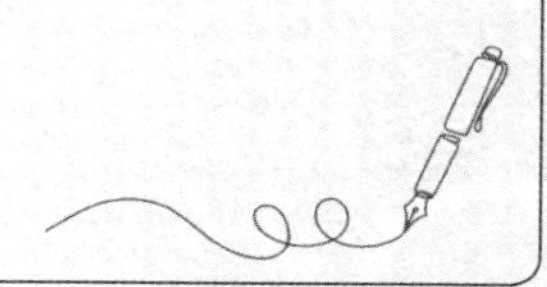

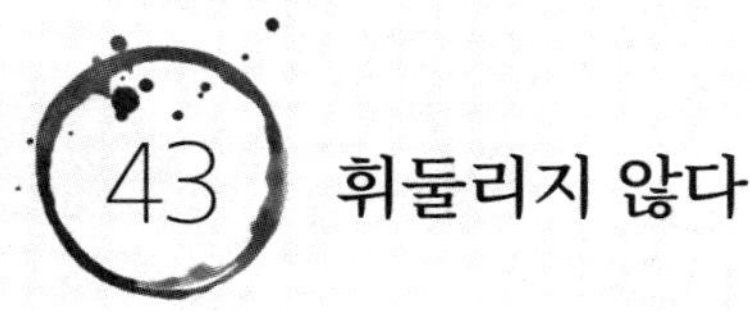

43 휘둘리지 않다

▶ 오늘의 낭독

감정은 빠르게 흔들리지만
나는 그대로 따라간다

작은 자극에도
마음은 흔들린다

나는 중심을 잃은 채
흐름에 휩쓸린다

하지만 휘둘리지 않으면
안정이 생긴다

흔들림 속에서도
나는 중심에 머문다

▶ 오늘의 한마디
휘둘리지 않을 때 중심이 선다.

[illegible]오늘의 필사

나는 오늘 휘둘리지 않는다.
흔들림을 그대로 본다.
지켜보는 순간 나는 중심을 잡는다.

나의 문장

나는 어떤 상황에서 쉽게 흔들리는가?

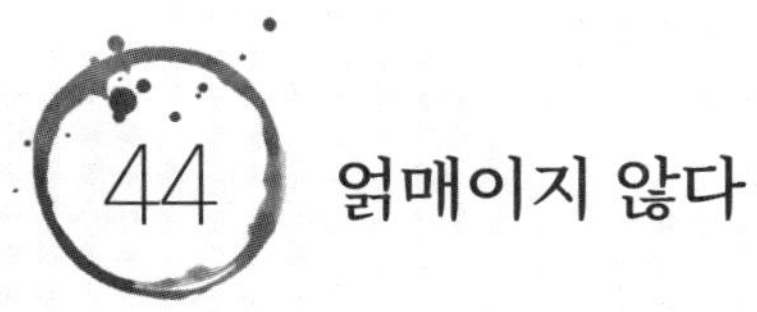 얽매이지 않다

▼ 오늘의 낭독

생각과 감정은
나를 묶어두려 한다

나는 그 흐름에
스스로 얽매인다

익숙한 패턴 속에서
벗어나지 못한다

하지만 얽매이지 않으면
공간이 열린다

자유로운 흐름 속에서
나는 가벼워진다

▼ 오늘의 한마디

얽매이지 않으면 자유로워진다.

◤ 오늘의 필사

나는 오늘 얽매이지 않는다.
붙잡힌 흐름에서 벗어난다.
벗어나는 순간 나는 자유로워진다.

◤ 나의 문장

나는 무엇에 얽매여 벗어나지 못하고 있는가?

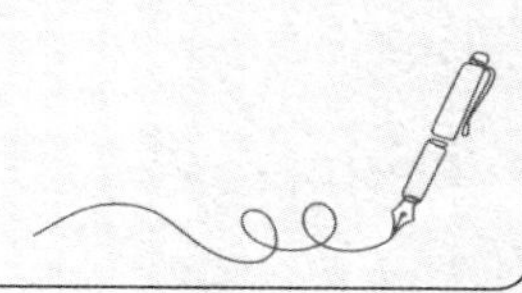

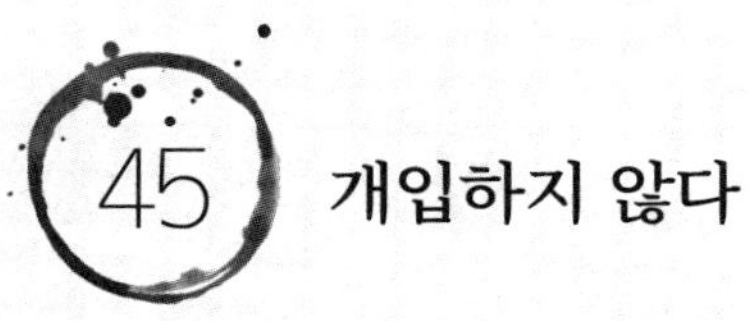 **개입하지 않다**

▼ 오늘의 낭독

나는 모든 흐름에
개입하려 한다

바꾸려는 마음이
나를 움직이게 한다

나는 있는 그대로 두지 못한 채
손을 뻗는다

하지만 개입하지 않으면
흐름은 자연스럽다

그대로 두는 순간
나는 편안해진다

▼ 오늘의 한마디
개입하지 않을 때 흐름이 자연스럽다.

나는 오늘 개입하지 않는다.
흐름을 바꾸려 하지 않는다.
두는 순간 나는 편안해진다.

나의 문장

나는 무엇을 바꾸려 하며 개입하고 있는가?

46 반응하지 않다

오늘의 낭독

자극이 오면
바로 반응이 나온다

나는 말이 나오기 전에
이미 움직인다

그 속도가
흐름을 만든다

잠시 멈추면
반응은 끊어진다

멈출 때
다른 선택이 생긴다

오늘의 한마디
잠깐 멈출 때 반응은 끊어진다.

나는 오늘 바로 반응하지 않는다.
느껴도 바로 움직이지 않는다.
한 번 멈춘다.

◥ 나의 문장

나는 언제 바로 반응해버리고 있는가?

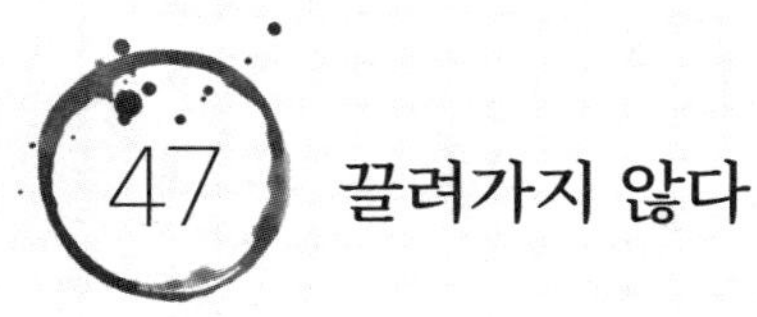

47 끌려가지 않다

강한 감정은
나를 끌어당긴다

나는 그 흐름을
거부하지 못한다

끌려가는 순간
나는 나를 잃는다

하지만 끌려가지 않으면
중심이 유지된다

흐름을 바라보는 자리에서
나는 머문다

오늘의 한마디
끌려가지 않을 때 나를 지킨다.

110

◤ 오늘의 필사

나는 오늘 끌려가지 않는다.
강한 흐름을 그대로 본다.
지켜보는 순간 나는 중심을 지킨다.

◤ 나의 문장

나는 무엇에 쉽게 끌려가고 있는가?

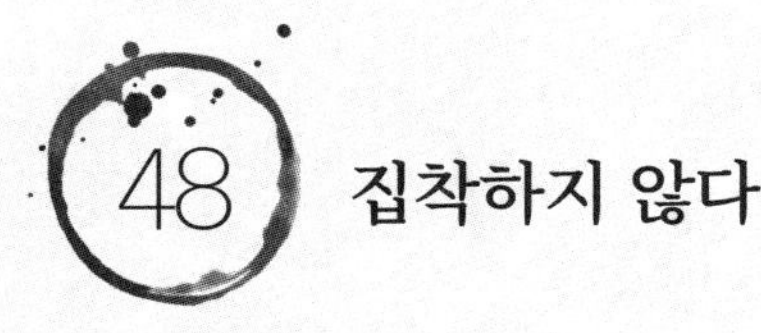

48 집착하지 않다

원하는 것이 생기면
나는 그것을 붙잡는다

놓치지 않으려는 마음이
집착으로 이어진다

나는 붙잡으려 할수록
더 묶인다

하지만 집착하지 않으면
흐름이 풀린다

놓아주는 순간
나는 자유로워진다

집착을 놓으면 마음이 풀린다.

◤ 오늘의 필사

나는 오늘 집착하지 않는다.
붙잡으려는 마음을 내려놓는다.
놓는 순간 나는 자유로워진다.

◤ 나의 문장

나는 무엇에 집착하며 놓지 못하고 있는가?

49 휩쓸리지 않다

▼ 오늘의 낭독

강한 흐름 속에서는
나는 쉽게 휩쓸린다

주변의 움직임이
나를 흔든다

나는 중심을 잃은 채
흐름을 따라간다

하지만 휩쓸리지 않으면
자리가 생긴다

그 자리에서
나는 나를 지킨다

▼ 오늘의 한마디
휩쓸리지 않을 때 자리가 생긴다.

▶ 오늘의 필사

나는 오늘 휩쓸리지 않는다.
주변의 흐름을 그대로 본다.
지켜보는 순간 나는 나를 지킨다.

▶ 나의 문장

나는 어떤 흐름에 쉽게 휩쓸리고 있는가?

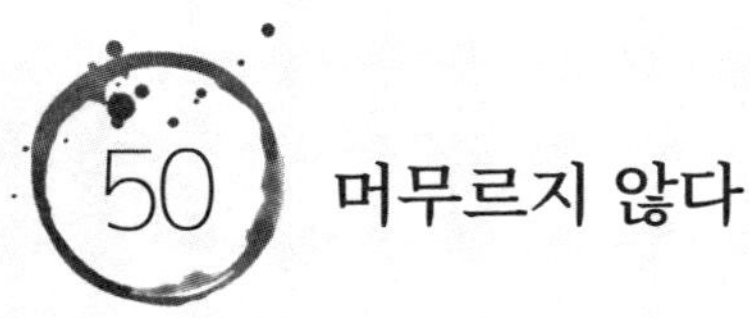

50 머무르지 않다

▶ 오늘의 낭독

나는 한 감정에
오래 머무르려 한다

지나간 순간을
붙잡고 있다

나는 흘러가야 할 것을
멈춰 세운다

하지만 머무르지 않으면
흐름이 이어진다

지나가는 순간 속에서
나는 가벼워진다

▶ 오늘의 한마디
머무르지 않을 때 흐름이 이어진다.

116

나는 오늘 머무르지 않는다.
지나간 것을 붙잡지 않는다.
흘려보내는 순간 나는 가벼워진다.

나의 문장

나는 무엇에 머무르며 놓지 못하고 있는가?

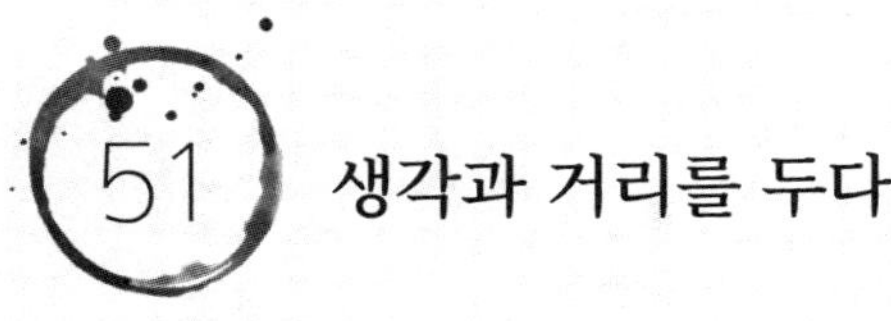

51 생각과 거리를 두다

▼ 오늘의 낭독

생각은 계속 이어지지만
나는 그 안에 머문다

흐름 속에 들어갈수록
나는 더 깊이 빠진다

나는 생각과 나를
구분하지 못한다

하지만 거리를 두면
흐름이 분리된다

떨어진 자리에서
나는 바라볼 수 있다

▼ 오늘의 한마디

거리를 두면 생각에서 벗어난다.

나는 오늘 생각과 거리를 둔다.
떠오르는 흐름에서 물러난다.
거리 속에서 나는 바라본다.

나는 어떤 생각과 나를 동일시하고 있는가?

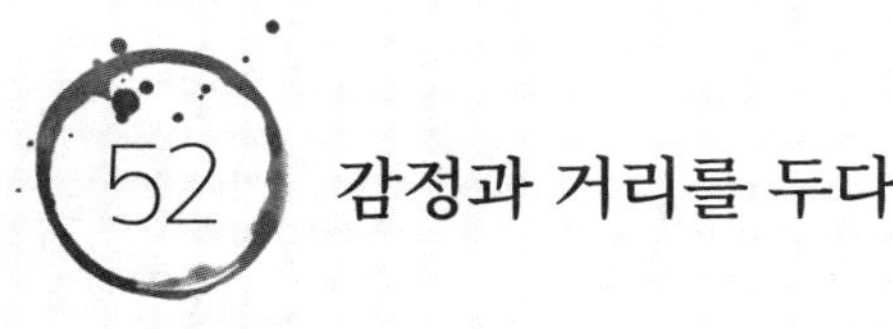 52 감정과 거리를 두다

감정은 강하게
나를 끌어당긴다

느낌이 커질수록
나는 그 안에 머문다

나는 감정과 나를
구분하지 못한다

하지만 거리를 두면
흐름이 잦아든다

떨어진 자리에서
나는 중심을 찾는다

거리를 두면 감정이 가라앉는다.

◣ 오늘의 필사

나는 오늘 감정과 거리를 둔다.
느낌을 그대로 바라본다.
거리 속에서 나는 중심을 찾는다.

◣ 나의 문장

나는 어떤 감정에 쉽게 빠져드는가?

121

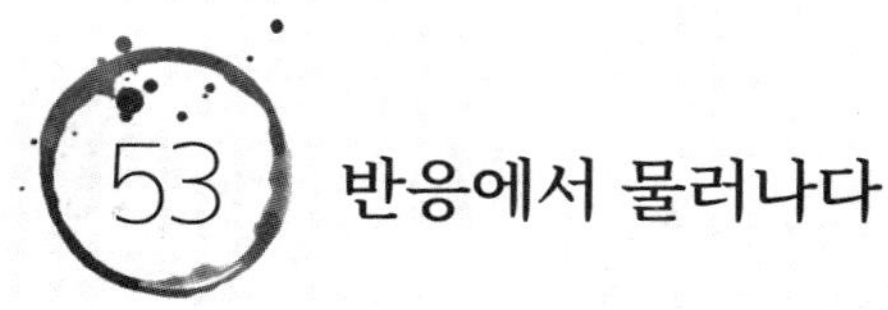

53 반응에서 물러나다

반응을 멈춰도
감정은 남아 있다

나는 그 감정 안에서
계속 흔들린다

그 상태에서는
여전히 끌려간다

한 걸음 물러서면
다르게 보인다

떨어질 때
흐름이 보이기 시작한다

오늘의 한마디
한 걸음 물러설 때 감정이 보인다.

▶ 오늘의 필사

나는 오늘 한 걸음 물러난다.
감정 안에 머물지 않는다.
조금 떨어져서 본다.

▶ 나의 문장

나는 어떤 감정 안에 계속 머물러 있는가?

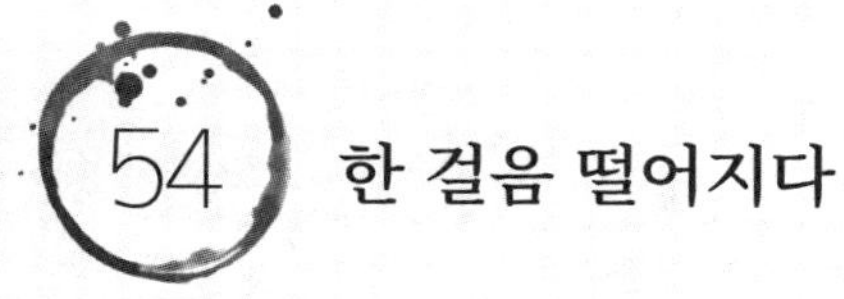

54 한 걸음 떨어지다

▶ 오늘의 낭독

나는 흐름 속에서
너무 가까이 머문다

가까울수록
전체가 보이지 않는다

나는 안에 들어가
방향을 잃는다

하지만 떨어지면
구조가 드러난다

한 걸음 뒤에서
나는 전체를 본다

▶ 오늘의 한마디

거리를 두면 전체가 보인다.

▶ 오늘의 필사

나는 오늘 한 걸음 떨어진다.
흐름에서 잠시 벗어난다.
떨어지는 순간 나는 전체를 본다.

▶ 나의 문장

나는 무엇과 너무 가까워서 보지 못하고 있는가?

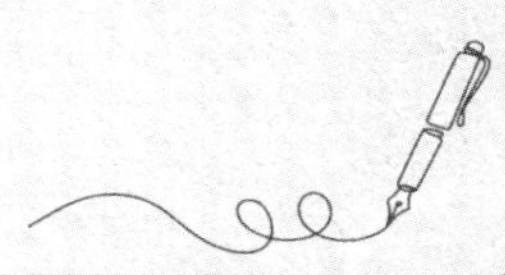

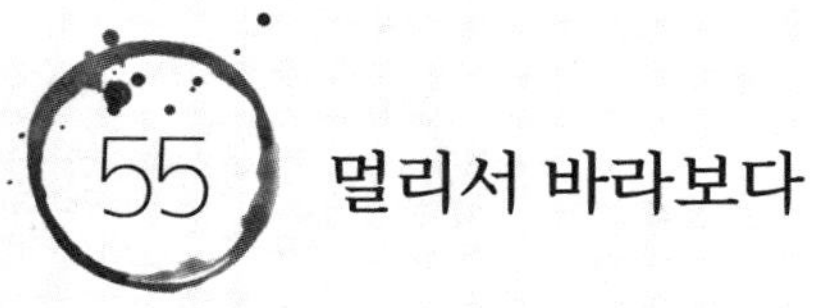

55 멀리서 바라보다

가까이서 볼수록
나는 더 집착한다

부분에 머물며
전체를 놓친다

나는 작은 것에
의미를 과하게 둔다

하지만 멀어지면
균형이 생긴다

넓어진 시선 속에서
나는 편안해진다

오늘의 한마디
멀리서 보면 균형이 생긴다.

나는 오늘 멀리서 바라본다.
부분이 아닌 전체를 본다.
바라보는 순간 나는 균형을 찾는다.

나는 무엇을 너무 가까이서만 보고 있는가?

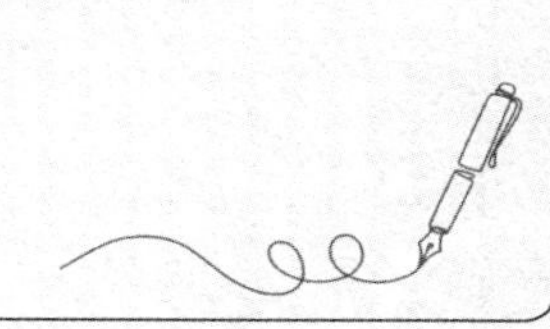

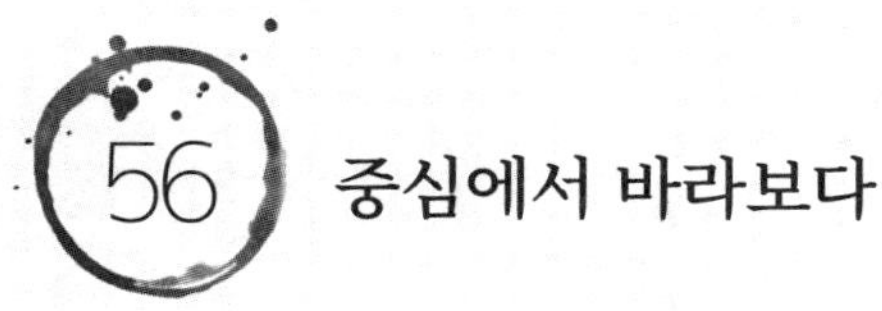# 중심에서 바라보다

▶ 오늘의 낭독

흐름에 휘둘릴 때
나는 중심을 잃는다

외부의 움직임이
나를 흔든다

나는 바깥에 끌린 채
흐름을 따라간다

하지만 중심에 서면
흐름이 달라진다

그 자리에서
나는 안정된다

▶ 오늘의 한마디
중심에 서면 흔들림이 줄어든다.

128

나는 오늘 중심에서 바라본다.
외부에 끌려가지 않는다.
중심에 서는 순간 나는 안정된다.

◤ 나의 문장

나는 무엇 때문에 중심을 잃고 있는가?

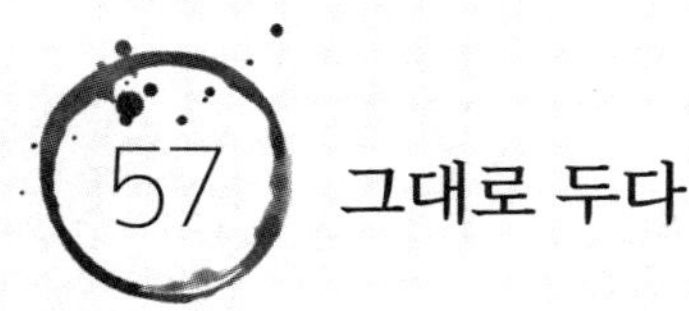

57 그대로 두다

▼ 오늘의 낭독

나는 모든 것을
바꾸려 한다

있는 그대로 두지 못하고
손을 뻗는다

나는 흐름을
조정하려 한다

하지만 그대로 두면
자연스럽게 이어진다

그대로 두는 순간
나는 편안해진다

▼ 오늘의 한마디
그대로 둘 때 흐름이 자연스러워진다.

130

나는 오늘 그대로 둔다.
바꾸려 하지 않는다.
두는 순간 나는 편안해진다.

▰ 나의 문장

나는 무엇을 바꾸려 하며 개입하고 있는가?

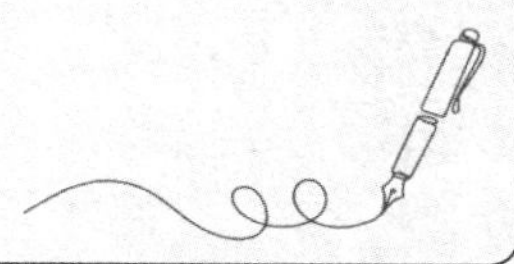

58 지나가게 두다

▶ 오늘의 낭독

생각과 감정은
계속 지나간다

하지만 나는 그것을
멈춰 세운다

흐르는 것을
붙잡아 두려 한다

하지만 지나가게 두면
흐름이 이어진다

지나는 순간 속에서
나는 가벼워진다

▶ 오늘의 한마디
지나가게 두면 마음이 가벼워진다.

나는 오늘 지나가게 둔다.
흐름을 막지 않는다.
지나가는 순간 나는 가벼워진다.

나는 무엇을 지나가게 두지 못하고 있는가?

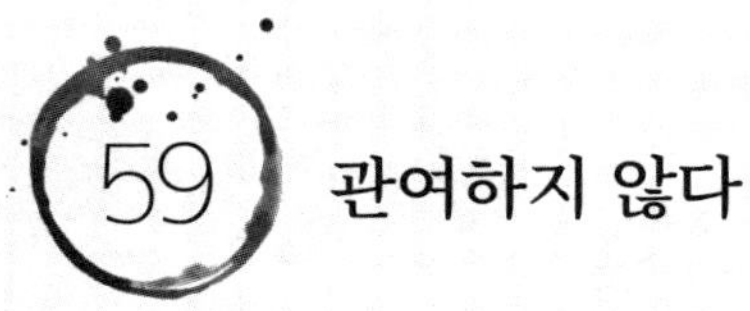

59 관여하지 않다

나는 모든 흐름에
관여하려 한다

개입하려는 마음이
나를 움직인다

나는 그대로 두지 못한 채
손을 더한다

하지만 관여하지 않으면
흐름이 유지된다

그 자리를 지킬 때
나는 안정된다

오늘의 한마디
관여하지 않을 때 흐름이 유지된다.

오늘의 필사

나는 오늘 관여하지 않는다.
흐름에 손을 더하지 않는다.
두는 순간 나는 안정된다.

나의 문장

나는 어디까지 개입하고 어디까지 두어야 하는가?

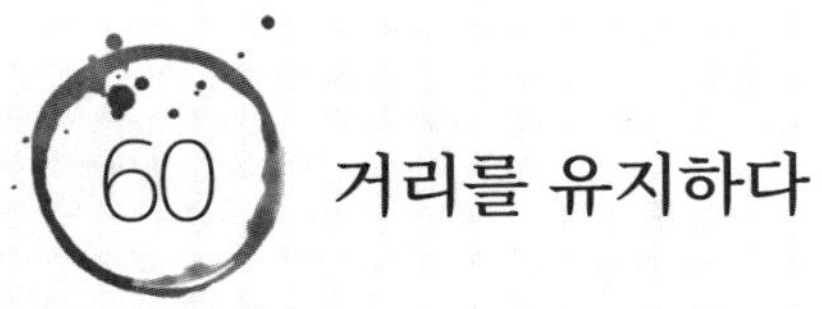

60 거리를 유지하다

▼ 오늘의 낭독

잠시 떨어지는 것은 쉽지만
유지하는 일은 어렵다

나는 다시 가까워지며
흐름에 들어간다

익숙한 방식으로
돌아가려 한다

하지만 유지하면
흐름이 안정된다

지속되는 거리 속에서
나는 중심을 지킨다

▼ 오늘의 한마디
거리를 유지할 때 중심이 유지된다.

나는 오늘 거리를 유지한다.
다시 휘말리지 않도록 지킨다.
유지하는 순간 나는 중심을 지킨다.

나는 어떤 상황에서 거리를 유지하지 못하는가?

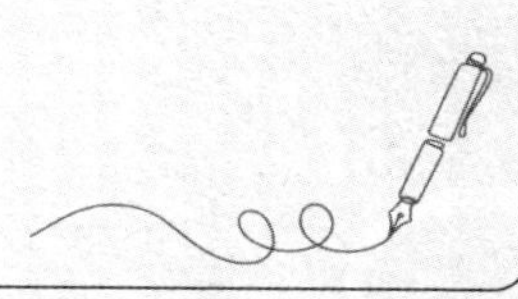

겉을 보면 흔들립니다. 본질을 보면 단순해집니다.
통찰은 복잡함을 걷어내는 힘입니다.

Part 4

통찰

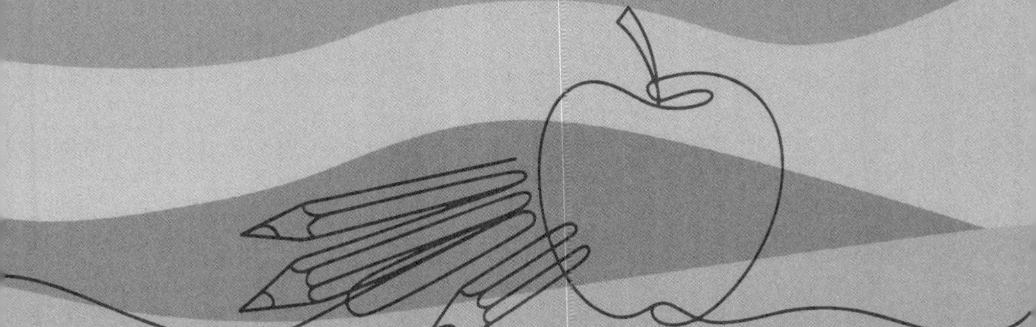

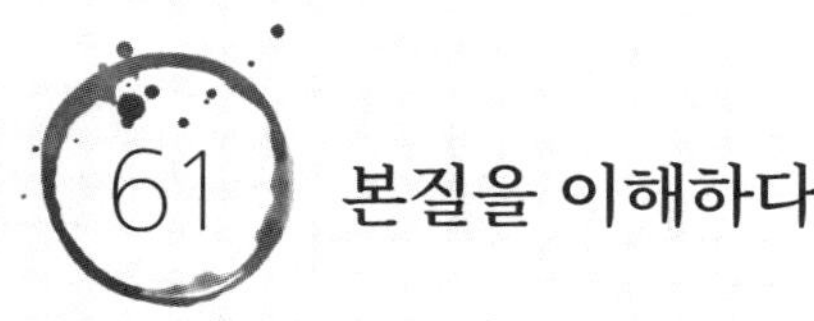

본질을 이해하다

겉으로 드러난 모습은
전체가 아니다

나는 보이는 것만으로
판단하려 한다

표면에 머물수록
깊이는 가려진다

하지만 본질을 보면
흐름이 단순해진다

근본의 자리에서
나는 이해에 닿는다

오늘의 한마디
본질을 보면 흐름이 단순해진다.

나는 오늘 본질을 이해한다.
겉이 아닌 근본을 바라본다.
이해하는 순간 나는 깊이에 닿는다.

▶ 나의 문장

나는 무엇을 겉으로만 보고 본질을 놓치고 있는가?

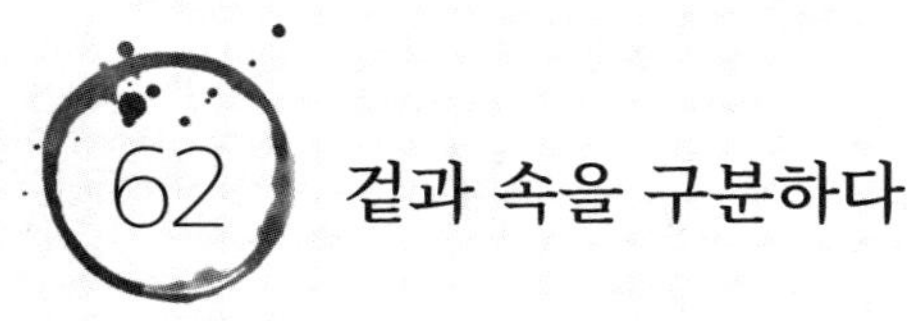

62 겉과 속을 구분하다

오늘의 낭독

겉으로 보이는 것과
안쪽의 흐름은 다르다

나는 드러난 모습만 보고
전체를 판단한다

겉에 머물수록
속은 보이지 않는다

하지만 구분하면
구조가 드러난다

안쪽의 흐름 속에서
나는 이해한다

오늘의 한마디
겉과 속을 구분할 때 흐름이 선명해진다.

나는 오늘 겉과 속을 구분한다.
드러난 것과 숨겨진 것을 본다.
구분하는 순간 나는 이해한다.

나는 무엇의 겉과 속을 혼동하고 있는가?

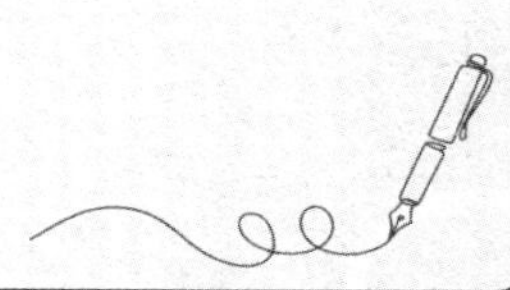

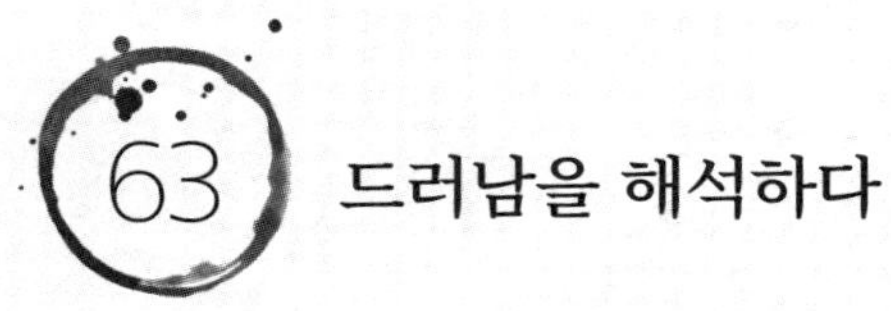

63 드러남을 해석하다

보이는 현상은
단순한 결과가 아니다

드러난 모습 뒤에는
흐름이 숨어 있다

나는 표면만 보며
의미를 놓친다

하지만 해석하면
연결이 보인다

드러난 순간 속에서
나는 흐름을 읽는다

오늘의 한마디
해석하면 드러남의 의미가 보인다.

▶ 오늘의 필사

나는 오늘 드러남을 해석한다.
겉에 머무르지 않는다.
해석하는 순간 나는 흐름을 읽는다.

▶ 나의 문장

나는 무엇의 의미를 겉에서만 판단하고 있는가?

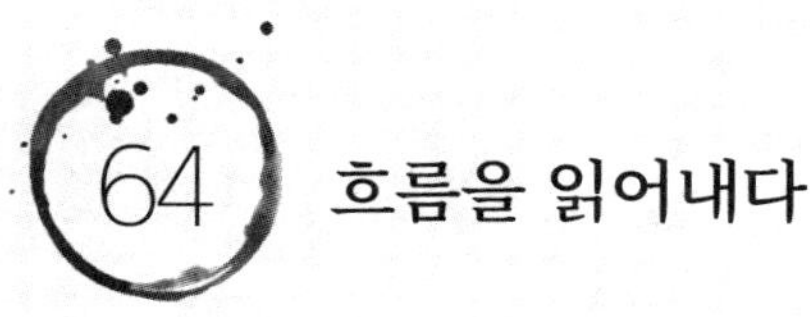

64 흐름을 읽어내다

모든 것은 이어지며
흐르고 있다

하지만 나는 단편만 보며
전체를 놓친다

흐름을 읽지 못한 채
결과에만 머문다

하지만 읽어내면
방향이 보인다

이어진 흐름 속에서
나는 길을 찾는다

오늘의 한마디
흐름을 읽으면 방향이 보인다.

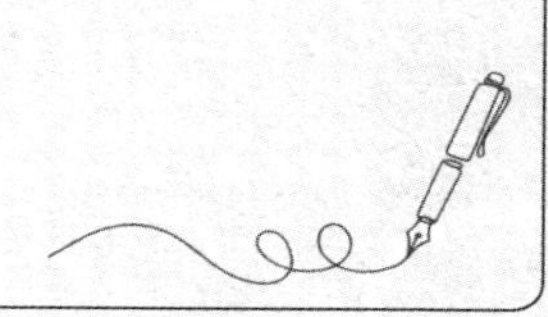

오늘의 필사

나는 오늘 흐름을 읽어낸다.
이어진 움직임을 본다.
읽어내는 순간 나는 방향을 찾는다.

나의 문장

나는 지금 어떤 흐름을 읽지 못하고 있는가?

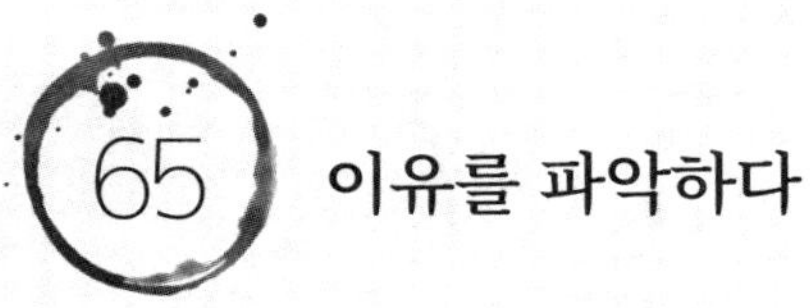

65 이유를 파악하다

▶ 오늘의 낭독

모든 결과에는
이유가 있다

나는 드러난 결과만 보고
판단하려 한다

이유를 보지 못하면
흐름은 가려진다

하지만 파악하면
연결이 드러난다

원인의 자리에서
나는 이해한다

▶ 오늘의 한마디

이유를 알면 흐름이 풀린다.

148

나는 오늘 이유를 파악한다.
결과 뒤의 원인을 본다.
파악하는 순간 나는 이해한다.

▶ 나의 문장

나는 무엇의 이유를 제대로 보지 못하고 있는가?

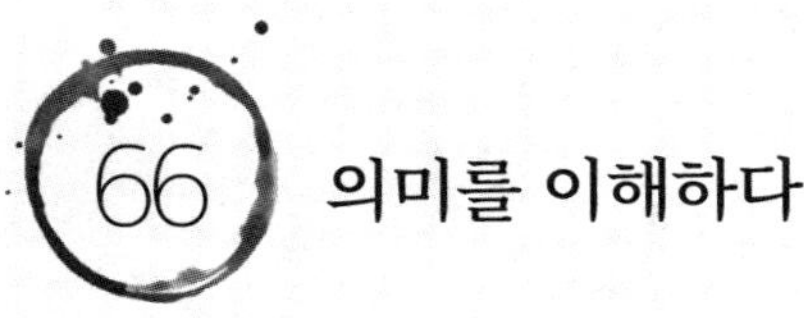

66 의미를 이해하다

▷ 오늘의 낭독

겉으로 보이는 일은
그 자체로 끝나지 않는다

그 안에는
의미가 담겨 있다

나는 현상만 보며
뜻을 놓친다

하지만 이해하면
깊이가 드러난다

의미의 자리에서
나는 통찰에 닿는다

▷ 오늘의 한마디
의미를 이해하면 깊이가 생긴다.

150

◤ 오늘의 필사

나는 오늘 의미를 이해한다.
겉을 넘어 뜻을 본다.
이해하는 순간 나는 깊어진다.

◤ 나의 문장

나는 무엇의 의미를 아직 이해하지 못하고 있는가?

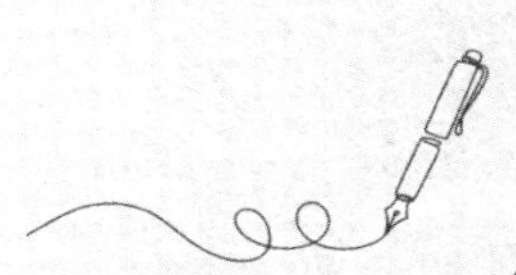

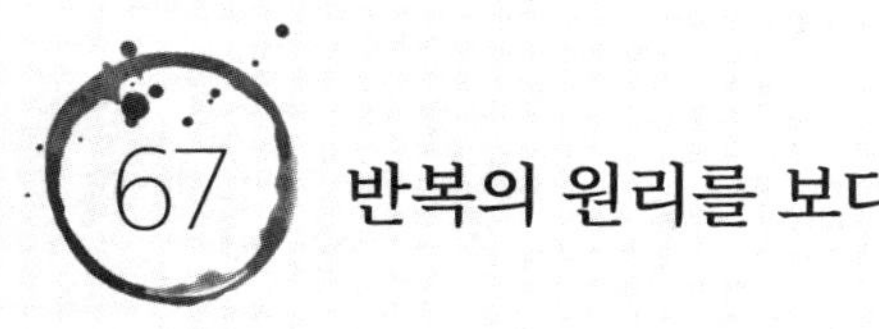

반복의 원리를 보다

▶ 오늘의 낭독

같은 일이 반복되지만
나는 그 이유를 모른다

익숙한 흐름 속에서
패턴은 숨겨진다

나는 반복을 겪으면서도
변하지 않는다

하지만 원리를 보면
흐름이 풀린다

반복의 구조 속에서
나는 이해한다

▶ 오늘의 한마디
반복을 보면 원리가 드러난다.

나는 오늘 반복의 원리를 본다.
같은 흐름을 살핀다.
보는 순간 나는 이해한다.

▼ 나의 문장

나는 어떤 반복의 원리를 아직 이해하지 못하고 있는가?

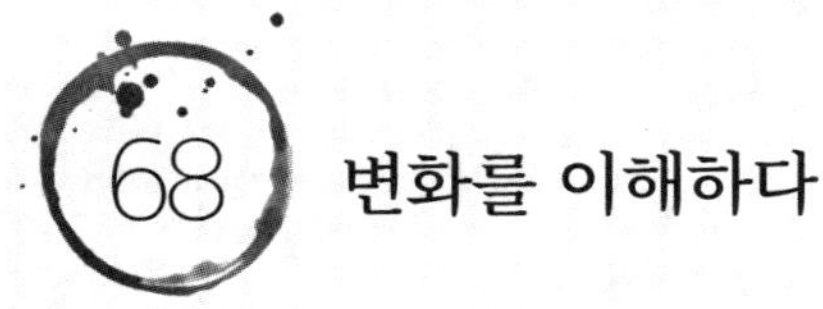

68 변화를 이해하다

▶ 오늘의 낭독

모든 것은 변하지만
나는 그것을 두려워한다

익숙한 상태에 머물며
변화를 거부한다

나는 흐름을 멈추려 하며
붙잡고 있다

하지만 이해하면
자연스러워진다

변화의 흐름 속에서
나는 받아들인다

▶ 오늘의 한마디

변화를 이해하면 두려움이 줄어든다.

154

나는 오늘 변화를 이해한다.
흐름을 거부하지 않는다.
이해하는 순간 나는 받아들인다.

나는 어떤 변화를 아직 받아들이지 못하고 있는가?

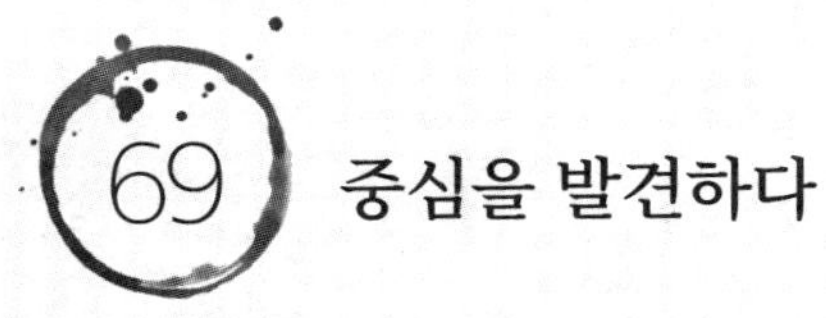 중심을 발견하다

▼ 오늘의 낭독

흐름은 계속 움직이지만
중심은 흔들리지 않는다

나는 바깥을 따라가며
중심을 잃는다

외부의 변화 속에서
나를 놓친다

하지만 발견하면
자리가 생긴다

그 중심에서
나는 머문다

▼ 오늘의 한마디
중심을 발견하면 흔들림이 줄어든다.

나는 오늘 중심을 발견한다.
흐름 속에서도 나를 본다.
발견하는 순간 나는 머문다.

나는 어디에서 중심을 잃고 있는가?

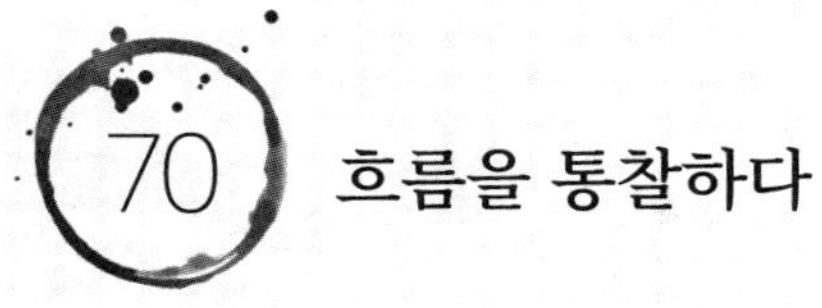 흐름을 통찰하다

▶ 오늘의 낭독

흐름은 단순해 보이지만
그 안에는 깊이가 있다

나는 표면만 보며
지나쳐 버린다

겉으로 드러난 모습만
따라가려 한다

하지만 통찰하면
전체가 보인다

깊이 있는 흐름 속에서
나는 이해에 닿는다

▶ 오늘의 한마디
통찰하면 전체가 보인다.

오늘의 필사

나는 오늘 흐름을 통찰한다.
겉이 아닌 깊이를 본다.
통찰하는 순간 나는 이해에 닿는다.

나의 문장

나는 무엇을 깊이 보지 못하고 있는가?

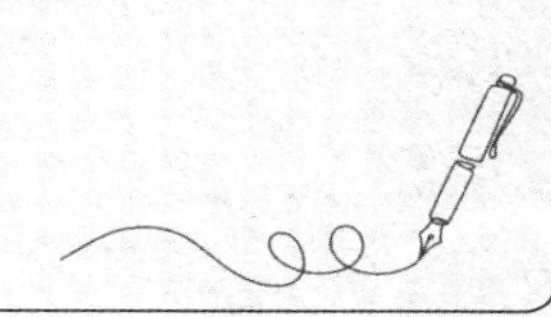

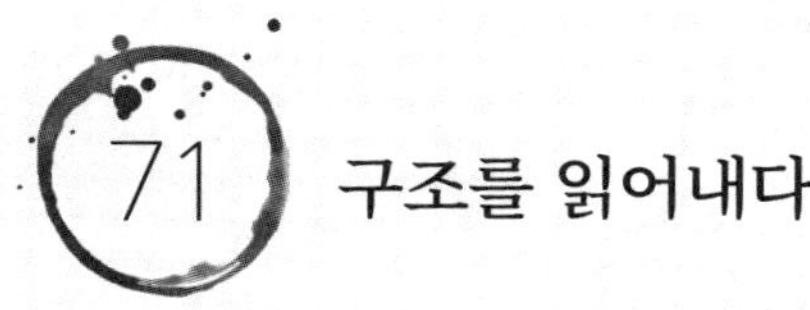# 71 구조를 읽어내다

겉으로 보이는 흐름 뒤에는
구조가 숨어 있다

나는 드러난 장면만 보며
전체를 놓친다

복잡해 보이는 움직임도
질서 안에 있다

하지만 읽어내면
흐름이 단순해진다

구조를 보는 순간
나는 선명해진다

오늘의 한마디
구조를 읽으면 흐름이 정리된다.

▌ 오늘의 필사

나는 오늘 구조를 읽어낸다.
겉이 아닌 연결을 본다.
읽어내는 순간 나는 선명해진다.

▌ 나의 문장

나는 무엇의 구조를 아직 읽어내지 못하고 있는가?

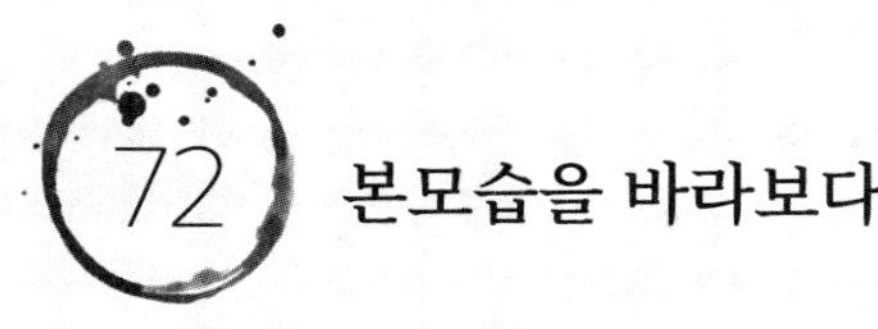

본모습을 바라보다

오늘의 낭독

겉으로 드러난 모습은
본모습이 아니다

나는 보이는 것에
쉽게 속는다

해석과 판단이
시선을 가린다

하지만 바라보면
본질이 드러난다

있는 그대로의 모습 속에서
나는 이해한다

오늘의 한마디
본모습을 보면 왜곡이 사라진다.

오늘의 필사

나는 오늘 본모습을 바라본다.
해석을 내려놓는다.
바라보는 순간 나는 이해한다.

나의 문장

나는 무엇을 겉모습으로만 판단하고 있는가?

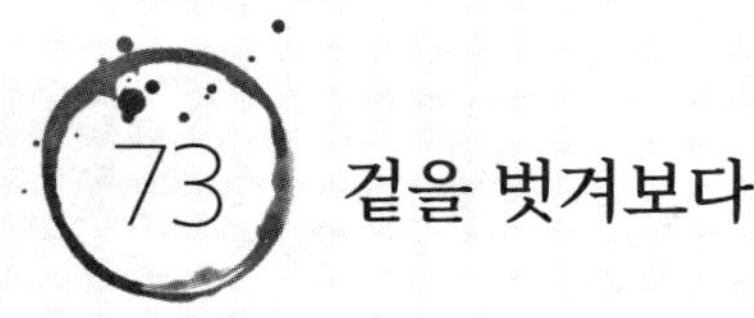# 73 겉을 벗겨보다

▶ 오늘의 낭독

겉은 쉽게 드러나지만
속은 감춰져 있다

나는 표면에 머물며
깊이를 놓친다

보이는 것만으로
판단하려 한다

하지만 벗겨보면
안쪽이 드러난다

숨겨진 흐름 속에서
나는 이해한다

▶ 오늘의 한마디

겉을 벗기면 깊이가 보인다.

164

나는 오늘 겉을 벗겨본다.
표면을 넘어 안쪽을 본다.
벗겨보는 순간 나는 이해한다.

나의 문장

나는 무엇의 겉만 보고 속을 보지 못하고 있는가?

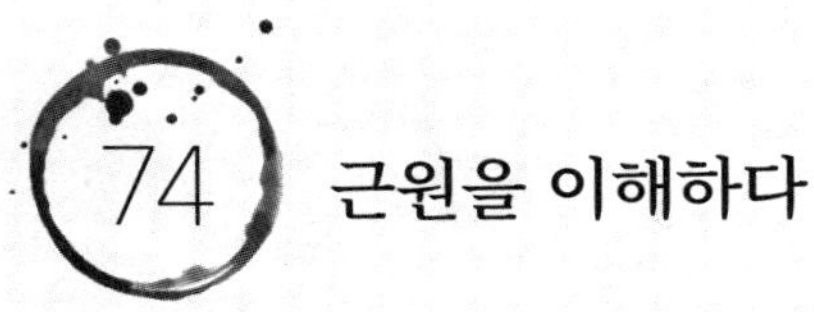

74 근원을 이해하다

▼ 오늘의 낭독

모든 것은
근원에서 시작된다

나는 결과를 보며
시작을 놓친다

겉으로 드러난 모습만
따라가려 한다

하지만 근원을 보면
흐름이 풀린다

시작의 자리에서
나는 이해한다

▼ 오늘의 한마디
근원을 보면 흐름이 풀린다.

나는 오늘 근원을 이해한다.
결과가 아닌 시작을 본다.
이해하는 순간 나는 흐름을 본다.

나의 문장

나는 무엇의 근원을 아직 보지 못하고 있는가?

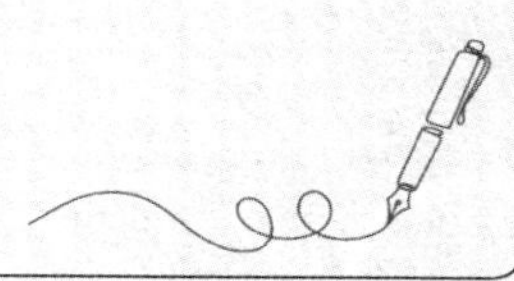

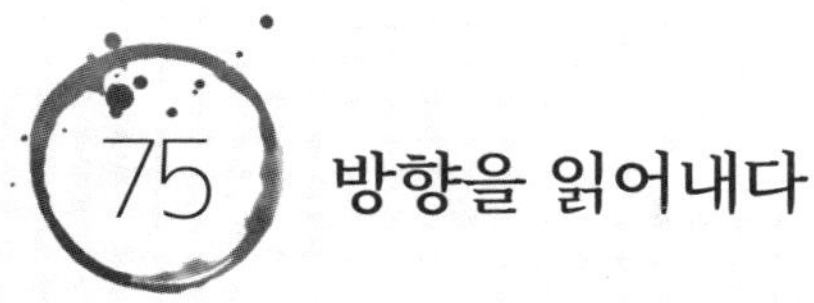

75 방향을 읽어내다

▌ 오늘의 낭독

흐름은 이어지지만
방향은 보이지 않는다

나는 움직임 속에서
길을 잃는다

지금의 흐름이
어디로 가는지 모른다

하지만 읽어내면
방향이 드러난다

이어지는 흐름 속에서
나는 길을 찾는다

▌ 오늘의 한마디
방향을 읽으면 길이 보인다.

나는 오늘 방향을 읽어낸다.
흐름의 흐름을 살핀다.
읽어내는 순간 나는 길을 찾는다.

나는 지금 어디로 향하고 있는가?

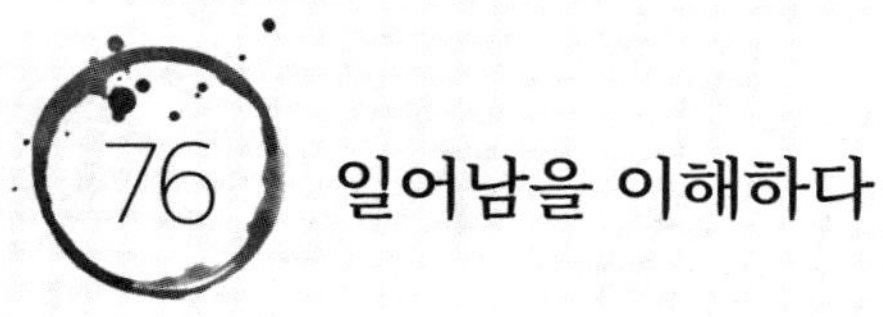 일어남을 이해하다

▌ 오늘의 낭독

모든 것은
일어나며 시작된다

나는 결과를 보며
과정을 놓친다

일어나는 순간을
의식하지 못한다

하지만 이해하면
흐름이 또렷해진다

시작의 움직임 속에서
나는 연결을 본다

▌ 오늘의 한마디

일어남을 이해하면 흐름이 보인다.

▶ 오늘의 필사

나는 오늘 일어남을 이해한다.
시작의 순간을 본다.
이해하는 순간 나는 연결을 본다.

▶ 나의 문장

나는 무엇이 어떻게 시작되는지 이해하고 있는가?

사라짐을 이해하다

모든 것은
사라지며 끝난다

나는 끝을 두려워하며
붙잡으려 한다

사라짐을 받아들이지 못한 채
머무르려 한다

하지만 이해하면
흐름이 완성된다

끝나는 순간 속에서
나는 놓아준다

사라짐을 이해하면 집착이 줄어든다.

나는 오늘 사라짐을 이해한다.
끝나는 흐름을 받아들인다.
이해하는 순간 나는 놓아준다.

나는 무엇의 끝을 이해하지 못하고 있는가?

173

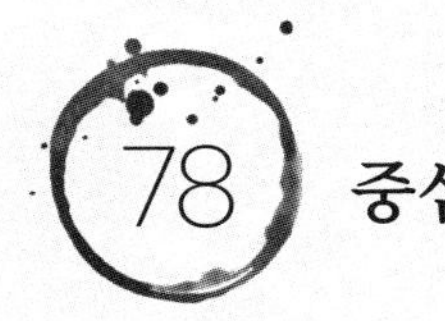 78 중심으로 돌아오다

▼ 오늘의 낭독

흐름 속에서
나는 중심을 잃는다

외부의 움직임이
나를 흔든다

나는 바깥을 따라가며
나를 놓친다

하지만 돌아오면
자리가 생긴다

그 중심에서
나는 머문다

▼ 오늘의 한마디
중심으로 돌아오면 흔들림이 줄어든다.

나는 오늘 중심으로 돌아온다.
흐름 속에서도 나를 본다.
돌아오는 순간 나는 머문다.

나의 문장

나는 어디에서 중심을 잃고 있는가?

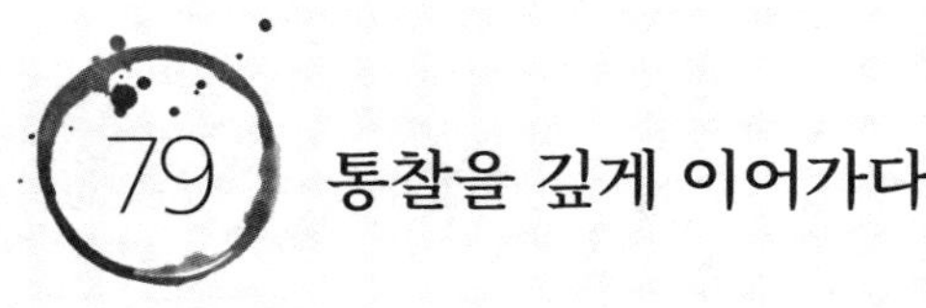

통찰을 깊게 이어가다

▌ 오늘의 낭독

한 번의 이해로
모든 것이 끝나지 않는다

나는 깨달음을 얻고도
다시 잊어버린다

흐름은 계속 이어지지만
나는 머물지 못한다

하지만 이어가면
깊이가 쌓인다

지속되는 통찰 속에서
나는 더 선명해진다

▌ 오늘의 한마디
통찰은 이어갈 때 깊어진다.

◤ 오늘의 필사

나는 오늘 통찰을 이어간다.
깨달음을 반복한다.
이어가는 순간 나는 깊어진다.

◤ 나의 문장

나는 통찰을 얼마나 지속하고 있는가?

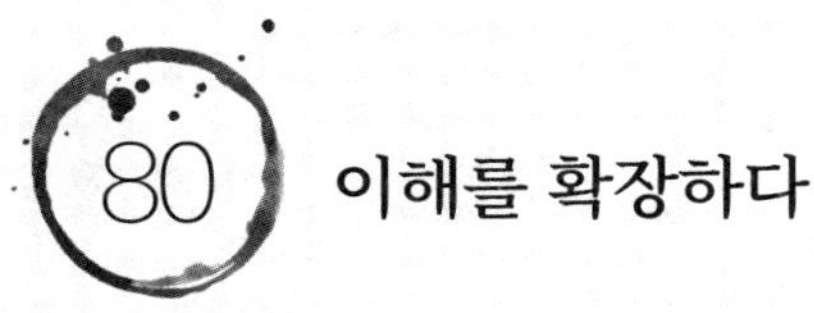

80 이해를 확장하다

하나를 이해하면
다른 흐름이 보인다

작은 깨달음이
전체로 이어진다

나는 부분에 머물며
확장을 놓친다

하지만 넓히면
연결이 드러난다

확장된 이해 속에서
나는 더 깊어진다

오늘의 한마디
이해를 넓히면 연결이 보인다.

◤ 오늘의 필사

나는 오늘 이해를 확장한다.
부분을 넘어 전체를 본다.
확장하는 순간 나는 깊어진다.

◤ 나의 문장

나는 무엇을 더 넓게 이해해야 하는가?

이해한 뒤에는 머무르는 일이 남습니다.
아무것도 하지 않는 자리에서 고요는 완성됩니다.

Part 5

존재

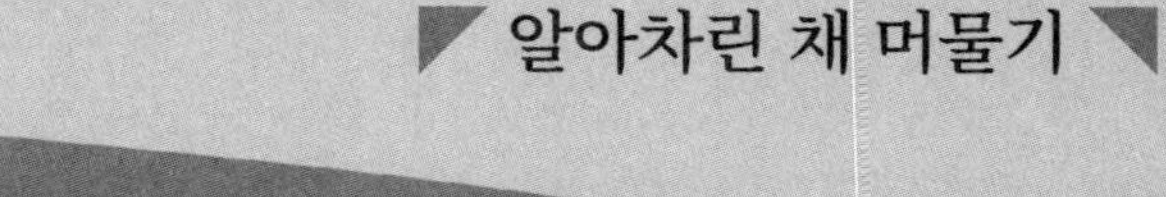

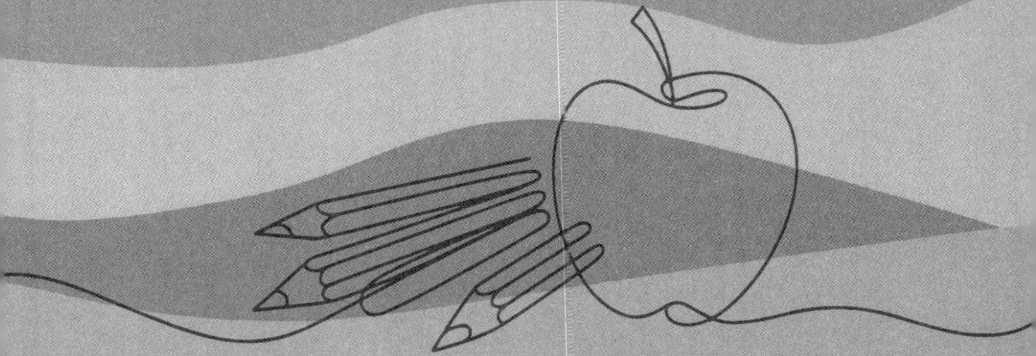

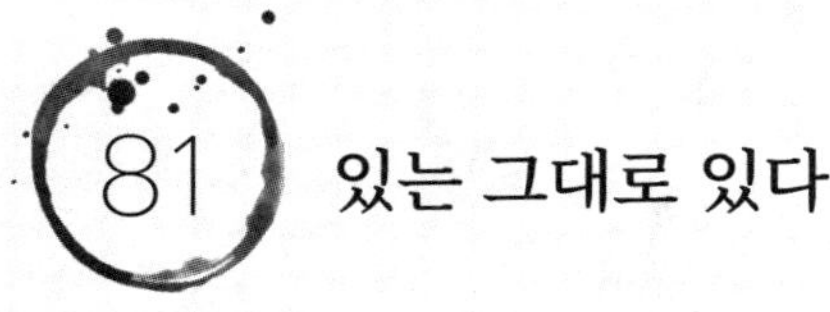

81 있는 그대로 있다

▌ 오늘의 낭독

나는 끊임없이
무언가가 되려 한다

지금의 상태를
그대로 두지 못한다

이미 충분한 순간에도
변화를 만들려 한다

하지만 있는 그대로 있으면
흐름이 잦아든다

그 자리에서
나는 편안해진다

▌ 오늘의 한마디

있는 그대로 있어도 충분하다.

▮ 오늘의 필사

나는 오늘 있는 그대로 있다.
무언가가 되려 하지 않는다.
그대로 있는 순간 나는 편안해진다.

▮ 나의 문장

나는 왜 지금의 나를 그대로 두지 못하는가?

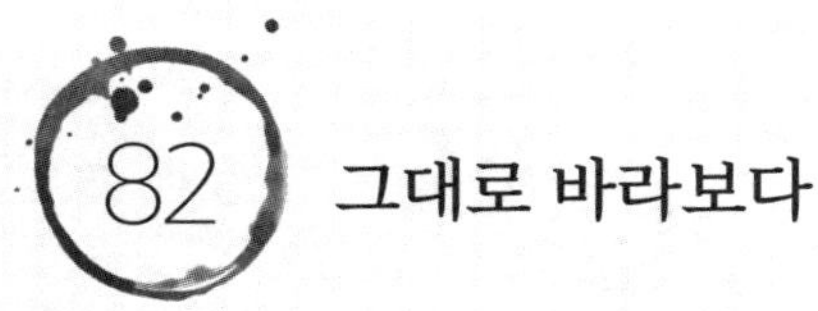 **그대로 바라보다**

나는 대상을 보며
해석을 더한다

있는 그대로가 아닌
판단된 모습을 본다

나는 바라보며
의미를 덧붙인다

하지만 그대로 보면
왜곡이 사라진다

있는 그대로의 순간 속에서
나는 고요해진다

▶ 오늘의 한마디
그대로 바라보면 마음이 고요해진다.

나는 오늘 그대로 바라본다.
판단을 내려놓는다.
바라보는 순간 나는 고요해진다.

나는 무엇을 있는 그대로 바라보지 못하고 있는가?

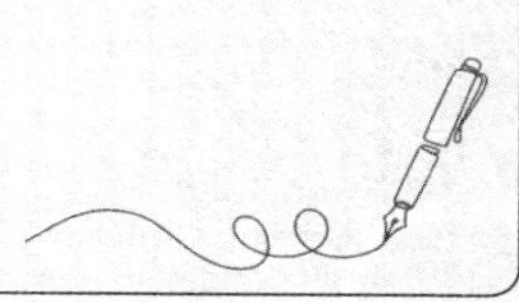

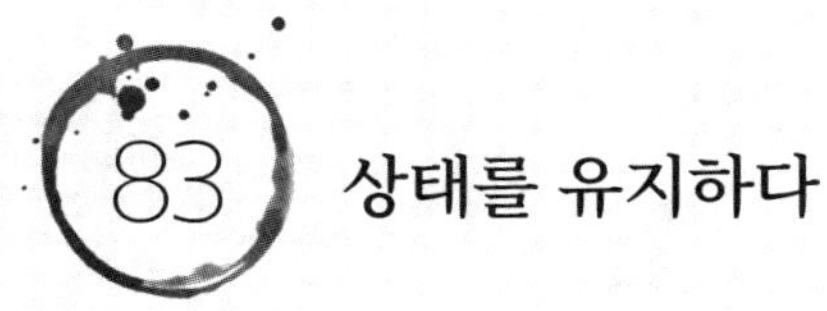

83 상태를 유지하다

잠시 고요해져도
나는 다시 흔들린다

익숙한 흐름으로
되돌아가려 한다

나는 안정된 상태를
지키지 못한다

하지만 유지하면
흐름이 깊어진다

지속되는 고요 속에서
나는 머문다

오늘의 한마디

상태를 유지할 때 고요가 깊어진다.

나는 오늘 상태를 유지한다.
흐름을 놓치지 않는다.
유지하는 순간 나는 머문다.

나는 무엇을 유지하지 못하고 흔들리고 있는가?

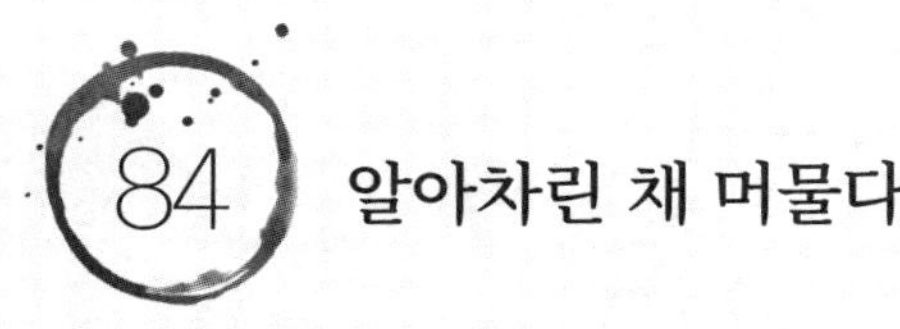

84 알아차린 채 머물다

▌오늘의 낭독

잠시 알아차리는 것은
어렵지 않다

하지만 금방
흐름에서 벗어난다

나는 생각에 끌려
다시 흩어진다

다시 돌아오고
그 자리에 머문다

흔들려도
계속 머무르는 것이 중요하다

▌오늘의 한마디
흔들려도 돌아오면 머무를 수 있다.

188

나는 오늘 다시 돌아온다.
흐트러져도 괜찮다.
그 자리에 계속 머문다.

나의 문장

나는 무엇에 가장 쉽게 끌려가고 있는가?

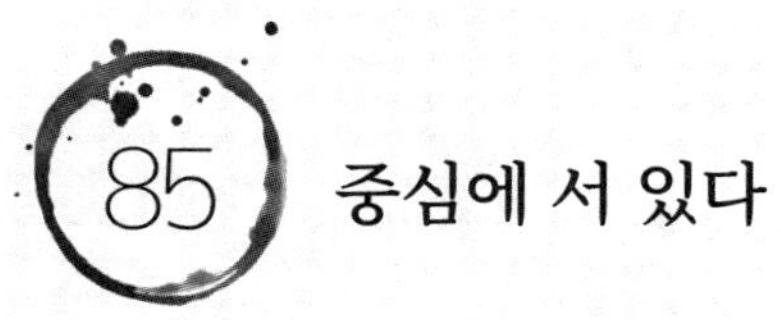

중심에 서 있다

▐ 오늘의 낭독

생각이 많아지면
흐름이 흩어진다

나는 여러 방향으로
끌려간다

그 상태에서는
기준이 흐려진다

멈추고 돌아오면
다시 한곳에 선다

정리될 때
중심이 잡힌다

▐ 오늘의 한마디

흩어진 흐름을 모을 때 중심이 선다.

나는 오늘 멈춘다.
여러 생각을 내려놓는다.
다시 한곳에 선다.

나는 무엇 때문에 흐트러지고 있는가?

 깨어 있다

나는
습관처럼 움직인다

생각 없이 말하고
반복하며 살아간다

그 흐름 속에서
지금을 놓친다

문득 알아차리면
멈추게 된다

그 순간
의식이 또렷해진다

알아차리는 순간 의식은 깨어난다.

나는 오늘 알아차린다.
습관대로 움직이지 않는다.
지금의 상태를 본다.

나의 문장

나는 언제 습관적으로 움직이고 있는가?

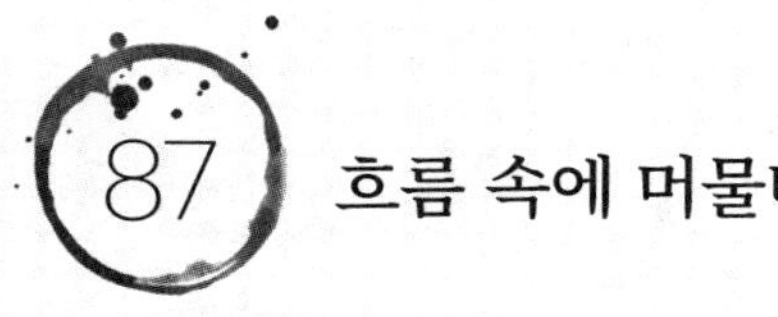

87 흐름 속에 머물다

▶ 오늘의 낭독

흐름은 계속 이어지지만
나는 쉽게 벗어난다

생각은 흩어지고
마음은 흔들린다

나는 흐름 속에
머물지 못한다

하지만 머무르면
움직임이 잦아든다

흐름 속에서
나는 안정된다

▶ 오늘의 한마디

머무를 때 흐름이 안정된다.

나는 오늘 흐름 속에 머문다.
흩어지지 않고 그대로 둔다.
머무는 순간 나는 안정된다.

나는 흐름 속에 얼마나 오래 머물 수 있는가?

195

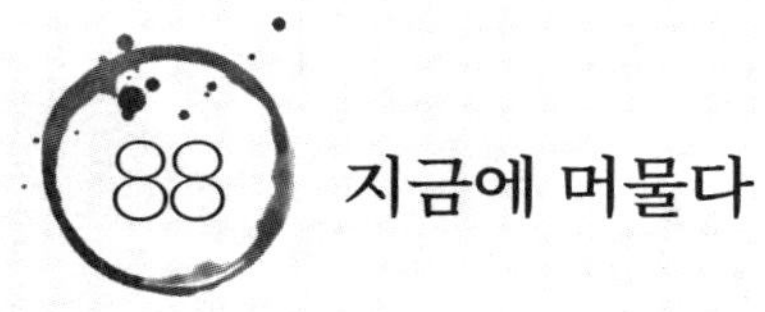

지금에 머물다

▶ 오늘의 낭독

지금을 알아차려도
금방 벗어나게 된다

나는 다시 생각으로
흘러간다

그 상태가
반복된다

다시 돌아오고
또 머문다

그 과정을 이어갈 때
지금이 유지된다

▶ 오늘의 한마디
돌아오는 반복이 머무름을 만든다.

196

나는 다시 돌아온다.
한 번으로 끝내지 않는다.
계속 이어간다.

나의 문장

나는 얼마나 자주 지금을 놓치고 있는가?

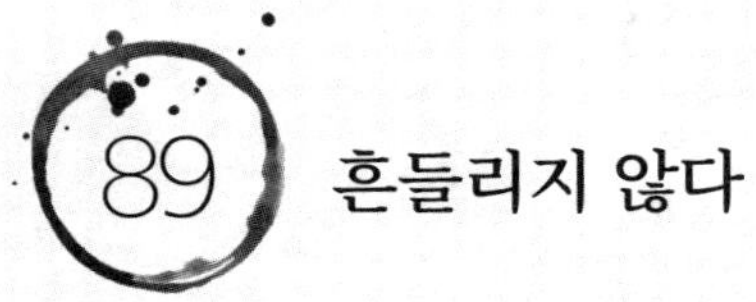 흔들리지 않다

▼ 오늘의 낭독

외부의 변화는
나를 흔들어 놓는다

작은 자극에도
마음은 요동친다

나는 중심을 잃은 채
흐름을 따라간다

하지만 흔들리지 않으면
자리가 생긴다

그 자리에서
나는 머문다

▼ 오늘의 한마디
흔들리지 않을 때 중심이 유지된다.

▶ 오늘의 필사

나는 오늘 흔들리지 않는다.
변화를 그대로 바라본다.
지켜보는 순간 나는 중심을 지킨다.

▶ 나의 문장

나는 무엇 때문에 쉽게 흔들리는가?

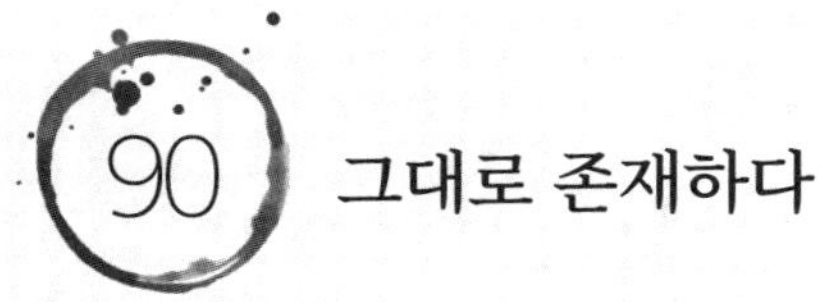

그대로 존재하다

▰ 오늘의 낭독

나는 계속
무언가를 하려 한다

생각을 더하고
의미를 붙인다

그 과정이
흐름을 만든다

아무것도 하지 않으면
상태가 달라진다

그대로 둘 때
존재가 드러난다

▰ 오늘의 한마디
아무것도 더하지 않을 때 존재는 드러난다.

◤ 오늘의 필사

나는 오늘 아무것도 더하지 않는다.
생각을 붙이지 않는다.
그대로 둔다.

◤ 나의 문장

나는 무엇을 계속 더하려 하고 있는가?

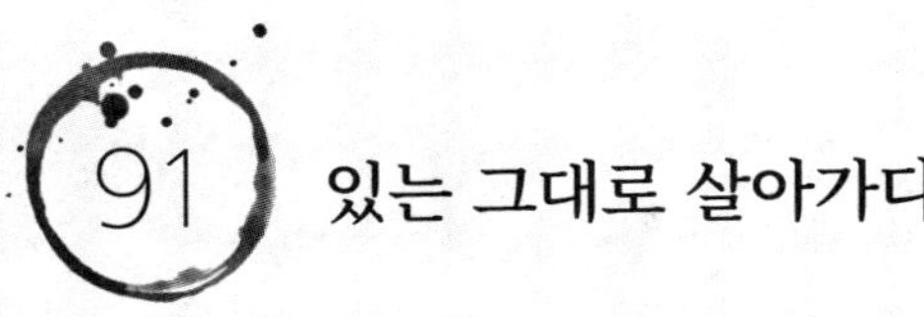

91 있는 그대로 살아가다

▌오늘의 낭독

나는 끊임없이
무언가가 되려 한다

지금의 나를
그대로 두지 못한다

이미 충분한 순간에도
더 나아가려 한다

하지만 있는 그대로 살아가면
흐름이 잦아든다

그 자리에서
나는 편안해진다

▌오늘의 한마디
있는 그대로 살아도 충분하다.

◢ 오늘의 필사

나는 오늘 있는 그대로 살아간다.
무언가가 되려 하지 않는다.
그대로 사는 순간 나는 편안해진다.

◢ 나의 문장

나는 왜 지금의 나를 그대로 두지 못하는가?

92 알아차림 속에 머물다

특정 순간이 아니라
하루 전체로 이어진다

나는 따로 시간을 내지 않아도
지금에 머물 수 있다

걷고, 말하고, 움직이면서도
알아차림은 유지된다

그 상태가
자연스럽게 이어진다

일상 속에서
알아차림은 흐른다

오늘의 한마디
일상 속에서 이어질 때 알아차림은 자리 잡는다.

◢ 오늘의 필사

나는 오늘 일상 속에서 머문다.
특별한 시간을 만들지 않는다.
지금을 이어간다.

◢ 나의 문장

나는 어떤 순간에서만 알아차리고 있는가?

93 중심을 지키다

▼ 오늘의 낭독

상황이 바뀌면
마음도 흔들린다

나는 외부의 말과
조건에 따라 움직인다

그 변화가
기준을 흔든다

지키려 하면
흐름이 달라진다

흔들려도
다시 돌아온다

▼ 오늘의 한마디
흔들려도 돌아올 때 중심은 유지된다.

206

나는 오늘 중심을 지킨다.
상황에 따라 흔들리지 않는다.
다시 돌아온다.

나의 문장

나는 어떤 상황에서 쉽게 흔들리는가?

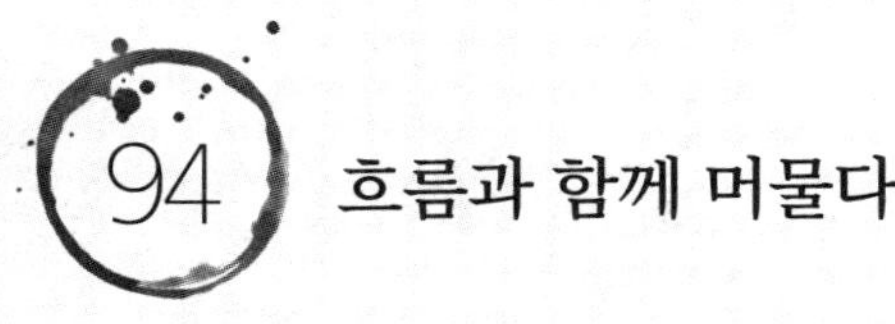

94 흐름과 함께 머물다

▶ 오늘의 낭독

흐름은 계속 이어지지만
나는 그것을 거스른다

통제하려는 마음이
나를 긴장시킨다

나는 흐름을 바꾸려 하며
힘을 더한다

하지만 함께 머무르면
움직임이 부드러워진다

흐름 속에서
나는 편안해진다

▶ 오늘의 한마디
흐름과 함께할 때 자연스러워진다.

나는 오늘 흐름과 함께 머문다.
거스르지 않고 따른다.
함께하는 순간 나는 편안해진다.

나의 문장

나는 무엇을 통제하려 하며 흐름을 거스르고 있는가?

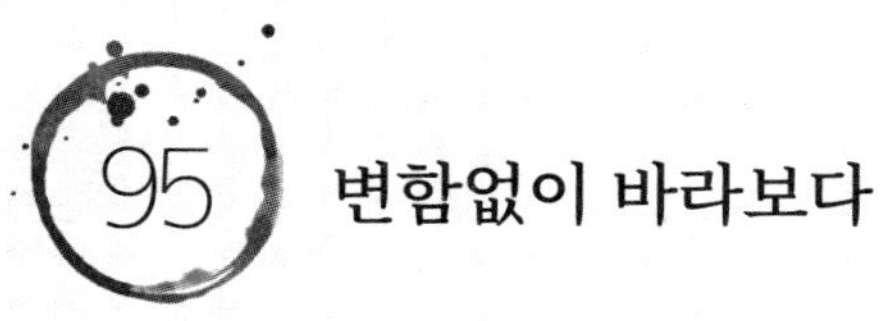

95 변함없이 바라보다

변화는 계속 이어지지만
나는 흔들린다

상황에 따라
시선이 달라진다

나는 기준을 잃은 채
흐름을 따라간다

하지만 변함없이 바라보면
자리가 생긴다

그 자리에서
나는 고요해진다

오늘의 한마디
변함없는 시선이 중심을 만든다.

나는 오늘 변함없이 바라본다.
상황에 휘둘리지 않는다.
바라보는 순간 나는 고요해진다.

▶ 나의 문장

나는 무엇에 따라 시선이 흔들리고 있는가?

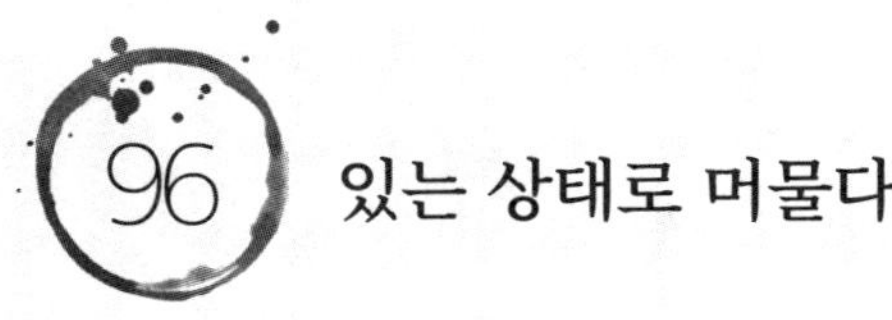

96 있는 상태로 머물다

나는 계속 변화하려 하며
지금을 놓친다

이미 충분한 상태에서도
더 나아가려 한다

나는 있는 상태를
그대로 두지 못한다

하지만 머무르면
흐름이 안정된다

있는 그대로의 자리에서
나는 편안해진다

오늘의 한마디

있는 상태로 머물 때 마음이 편안해진다.

나는 오늘 있는 상태로 머문다.
더 나아가려 하지 않는다.
머무는 순간 나는 편안해진다.

▶ 나의 문장

나는 왜 지금 상태를 그대로 유지하지 못하는가?

깨어 있는 하루를 살아가다

▶ 오늘의 낭독

특정 순간이 아니라
하루 전체로 이어진다

나는 걷고, 말하고, 일하면서도
흐름을 놓치지 않는다

잠시 벗어나도
다시 돌아온다

그 반복이
하루를 바꾼다

이어질 때
삶이 달라진다

▶ 오늘의 한마디

하루 전체로 이어질 때 깨어 있음은 자리 잡는다.

나는 오늘 하루를 깨어서 보낸다.
순간에 머무르지 않는다.
계속 이어간다.

나의 문장

나는 언제만 깨어 있고 언제는 놓치고 있는가?

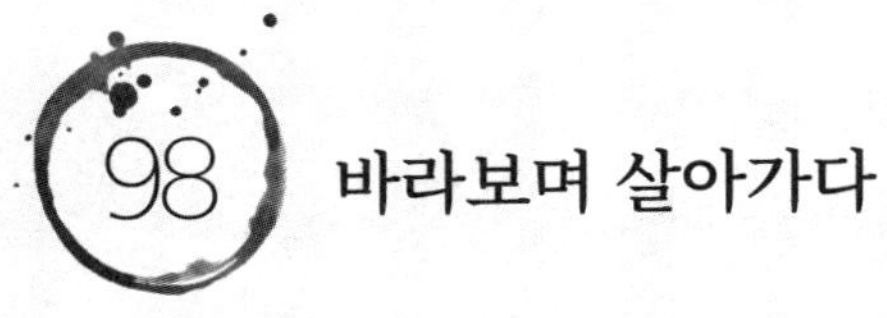

98 바라보며 살아가다

▼ 오늘의 낭독

나는 흐름 속에 들어가
쉽게 휩쓸린다

생각과 감정이
나를 이끈다

나는 바라보지 못한 채
그 안에 머문다

하지만 바라보면
거리감이 생긴다

그 자리에서
나는 중심을 지킨다

▼ 오늘의 한마디
바라볼 때 삶이 달라진다.

나는 오늘 바라보며 살아간다.
흐름에 들어가지 않는다.
바라보는 순간 나는 중심을 지킨다.

나의 문장

나는 얼마나 자주 바라보지 못하고 휩쓸리고 있는가?

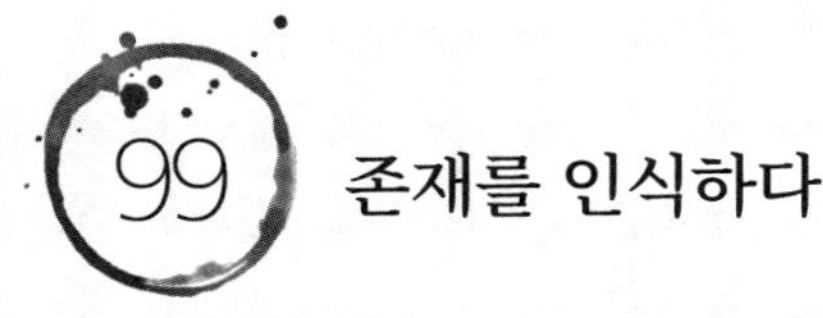

99 존재를 인식하다

나는 끊임없이
무언가를 하려 한다

존재하는 것만으로는
부족하게 느껴진다

나는 행동으로
나를 증명하려 한다

하지만 인식하면
흐름이 달라진다

존재하는 순간 속에서
나는 충분해진다

오늘의 한마디
존재를 인식할 때 충분해진다.

218

나는 오늘 존재를 인식한다.
있는 그대로의 나를 본다.
인식하는 순간 나는 충분해진다.

나는 존재하는 나를 얼마나 인정하고 있는가?

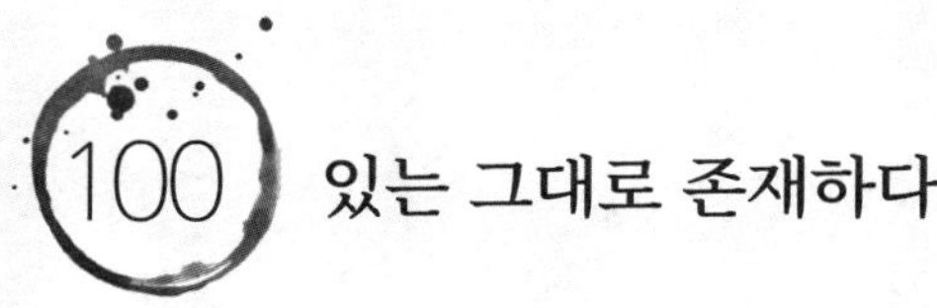

있는 그대로 존재하다

▶ 오늘의 낭독

좋은 상태와
흔들리는 상태가 함께 있다

나는 한쪽만
남기려 한다

그 선택이
갈등을 만든다

그대로 두면
모두가 포함된다

받아들일 때
존재는 완성된다

▶ 오늘의 한마디

있는 그대로 받아들일 때 존재는 완성된다.

나는 오늘 있는 그대로 둔다.
좋고 나쁨을 나누지 않는다.
지금의 상태를 받아들인다.

나의 문장

나는 무엇을 받아들이지 못하고 있는가?